CASSIDY BLAKE

·Livre 1· Chasseuse de fantômes

L'autrice

Adepte de fantasy comme d'histoires de super-héros, **Victoria Schwab** se passionne pour les contes et légendes, le folklore et les récits qui vous font douter de la réalité du monde. Très remarquée pour la trilogie *Shades of Magic* et la série *Evil*, devenues des succès à la fois critiques et publics, elle réussit, avec *City of Ghosts*, le premier tome de sa nouvelle série jeunesse, un véritable tour de force dans le milieu littéraire américain : placer des ouvrages à la fois jeunesse, young adult et adultes dans la liste des best-sellers du *New York Times* ! Née en 1987, fille d'une mère britannique et d'un père californien, elle a grandi dans le sud des États-Unis mais partage désormais son temps entre Nashville et Édimbourg en Écosse, où on peut en général la trouver attablée dans un café, occupée à imaginer des histoires de monstres.

Victoria Schwab

Cassidy Blake

·Livre 1· Chasseuse de fantômes

Traduit de l'anglais (États-Unis)
par Sarah Dali

LUMEN

Publié en accord avec l'auteur, c/o BAROR INTERNATIONAL, INC., Armonk, New York, U.S.A.

À la ville où je conserve mes os

Mourir doit être
une sacrément belle aventure.

J. M. Barrie, *Peter Pan*

LA CARTE DE CASSIDY
ÉDIMBOURG EN ÉCOSSE
Street
Princes
North Bank St
CHÂTEAU D'ÉDIMBOURG
L'IMPASSE
Johnston Terrace
Grassmarket
Castle Terrace
West Port
GRASSMARKET
ÉGLISE DE GRE
East Fountainbridge
Lauriston

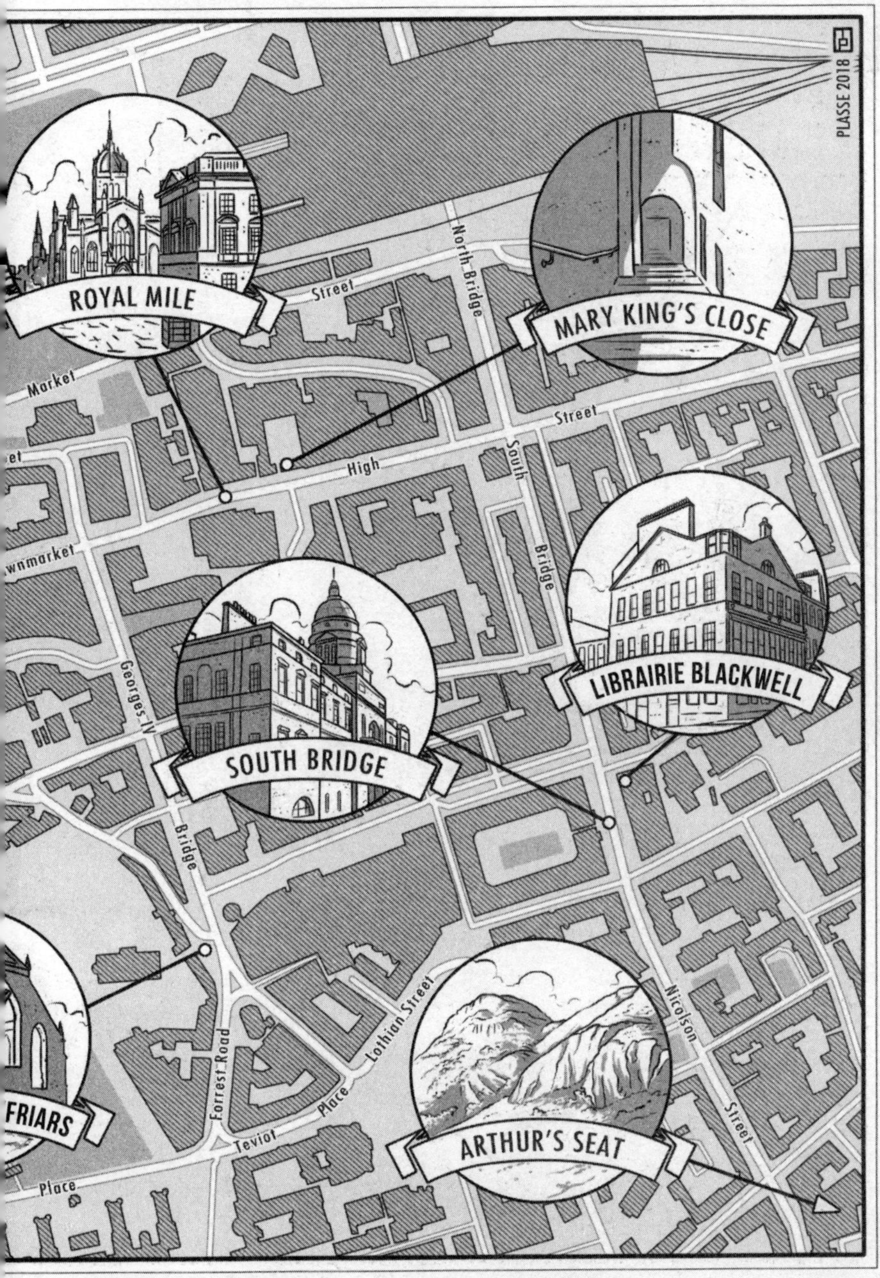
PLASSE 2018
ROYAL MILE
MARY KING'S CLOSE
North Bridge
Street
Market
Street
High
South
Bridge
wnmarket
LIBRAIRIE BLACKWELL
Georges IV
SOUTH BRIDGE
Bridge
Nicolson
Street
Lothian Street
Forrest Road
Place
Teviot
FRIARS
ARTHUR'S SEAT
Place

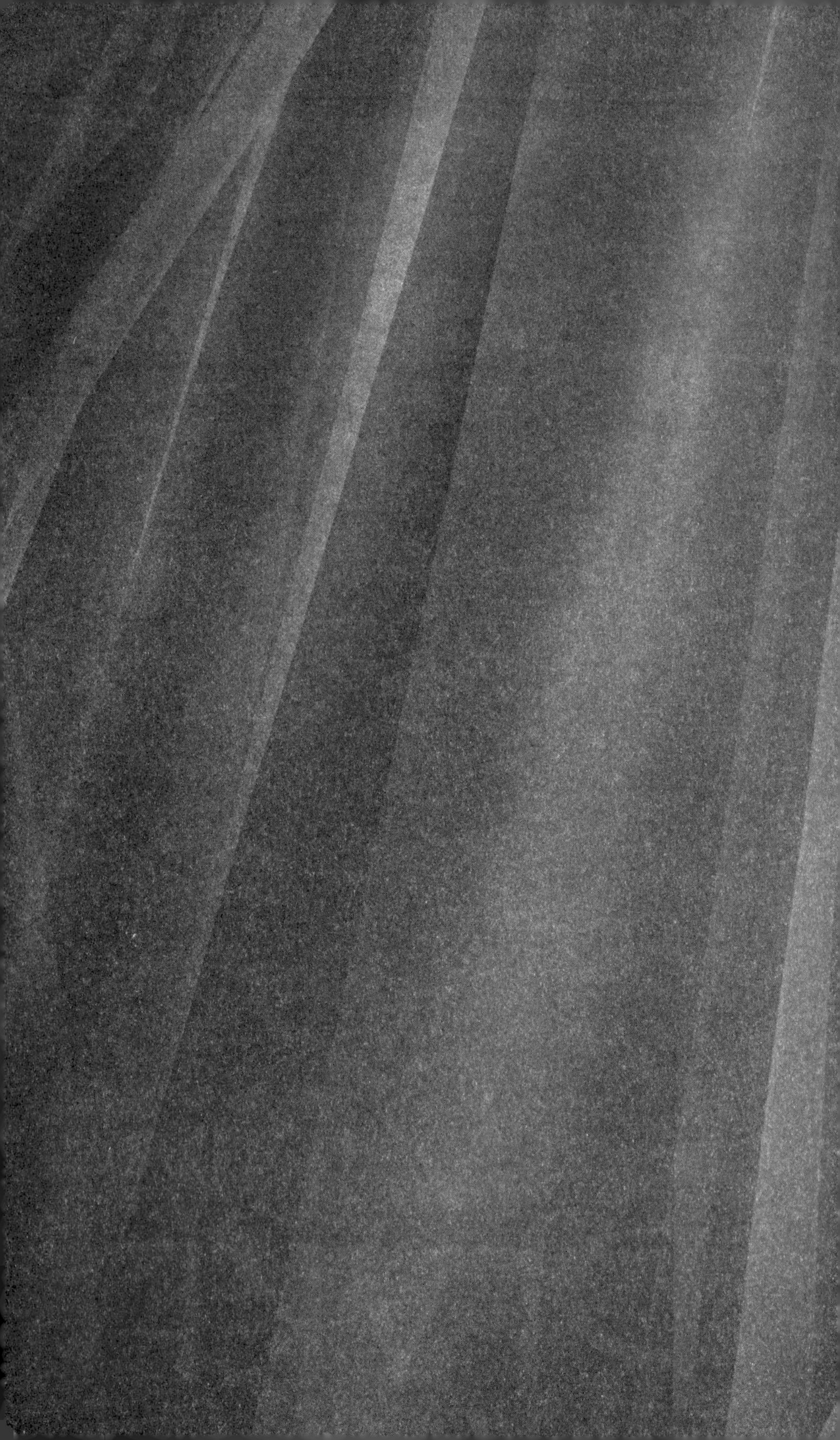

PARTIE 1

LES INSPECTREURS

CHAPITRE 1

On s'imagine souvent que les fantômes ne sortent que la nuit, ou le soir de Halloween, quand il fait sombre et que la séparation entre les mondes s'amenuise. C'est faux. En réalité, ils sont partout : à la boulangerie, dans le jardin de votre grand-mère, assis à l'avant du bus…

Certes, on ne les voit pas, mais ça ne veut pas dire qu'ils ne soient pas là.

Ce jour-là, en cours d'histoire, je sens tout à coup un tapotement sur mon épaule, comme un filet de gouttes de pluie : tap tap tap. Ce léger chatouillement révélateur d'une présence, certains le nomment intuition, d'autres, pressentiment.

Ce n'est pas la première fois que je le remarque – loin de là. Ni même la première fois qu'il se produit à l'école. Je fais tout pour l'ignorer, comme toujours, en vain. Il me déconcentre, et je sais bien que la seule façon de m'en débarrasser est de répondre à l'appel… bref, d'aller voir par moi-même.

De l'autre côté de la classe, Jacob me cherche du regard avant de secouer la tête. Si lui ne sent pas cet étrange signal, il me connaît en revanche assez bien pour deviner quand ce genre de frisson me saisit.

Je m'agite sur ma chaise en m'efforçant de me concentrer sur la voix monocorde de M. Meyer, qui tente avec une ardeur remarquable de terminer coûte que coûte le programme en cette dernière semaine avant les vacances d'été.

—À la fin de la guerre du Vietnam, en 1975, les troupes américaines… récite-t-il d'un ton monotone.

Aucun élève ne parvient à rester tranquille, ou même un tant soit peu attentif. Derek et Will dorment carrément les yeux grands ouverts. Matt, comme d'habitude, fabrique un nouveau ballon de football en papier. Quant à Alice et Mélanie, elles dressent ensemble une mystérieuse liste.

Ces deux filles-là sont parmi les plus populaires de la classe.

On le devine à leur incroyable ressemblance : même chevelure brillante, même dentition parfaite, mêmes ongles méticuleusement vernis. De mon côté, je suis toute maigrichonne, avec des joues rondes et des boucles brunes. Et, dans mes placards, pas un seul flacon de vernis.

J'ai beau savoir qu'on est tous censés vouloir faire partie des élèves les plus populaires, je n'en ai jamais ressenti l'envie. Tenter de respecter toutes ces règles tacites, ça m'épuise. Sourire, mais pas trop non plus. Rire, mais pas trop fort. Porter les derniers vêtements à la mode, pratiquer les sports les plus tendance, se sentir concerné par les problèmes du monde tout en gardant la juste dose de désinvolture.

(C'est vrai, Jacob et moi, on en suit, des règles… mais c'est une tout autre histoire.)

À point nommé, mon ami se lève et se dirige vers la table de Mélanie. Je me fais soudain la remarque qu'il pourrait être populaire, lui, avec ses cheveux blonds qui lui retombent en mèches sur le front, ses yeux bleus brillants et sa bonne humeur permanente.

Il me lance un regard diabolique avant de se percher sur le bord de la table.

Immensément populaire, pas de doute… À un petit détail près : Jacob est mort.

Il lit à voix haute les mots griffonnés par Mélanie :

— « Ce qu'il nous faut pour la soirée ciné… »

Je suis la seule à l'entendre. Ma camarade de classe plie en deux une autre feuille – une invitation, je le devine aux lettres majuscules tracées à l'encre rose qui ornent le papier – et se penche pour la tendre à Jenna, assise un rang devant elle. Ce faisant, sa main passe à travers la poitrine de Jacob.

Mon ami baisse les yeux, l'air offensé, puis descend de son perchoir d'un bond.

Dans ma tête, le léger tapotement continue de se manifester, insistant mais quasi imperceptible, comme un chuchotement presque impossible à déchiffrer. Impatiente, je consulte l'horloge murale : la cloche qui annonce la pause déjeuner ne devrait pas tarder à sonner.

Jacob se faufile ensuite jusqu'à la table d'Alice pour examiner l'éventail de feutres multicolores alignés devant elle. Il concentre toute son attention sur le plus proche de lui, se baisse, tend la main avec mille précautions et le pousse du bout du doigt.

Le stylo ne bouge pas.

Dans les films, les esprits peuvent soulever des télévisions et faire glisser des lits sur le parquet. Mais, dans la vraie vie, traverser le Voile – l'espèce de rideau qui sépare le monde des vivants de celui des morts – requiert un immense pouvoir spirituel. Or, les fantômes les plus puissants ont tendance à être très anciens et… pas particulièrement amicaux. Car si c'est plutôt de l'amour et de l'espoir que les vivants tirent leur force, les spectres, eux, puisent leur emprise sur le monde dans un assortiment de sentiments plus négatifs – douleur, colère ou regret.

Jacob, heureusement, n'a rien de commun avec ces êtres maléfiques. Je le regarde tenter – sans plus de succès – de déplacer d'une chiquenaude le ballon en papier de Matt, les sourcils froncés par la concentration.

À vrai dire, j'ignore depuis combien de temps Jacob est *mort* (je pense ce terme tout bas, car je sais qu'il le déteste). Pas depuis très longtemps, j'imagine, puisque son look ne se distingue pas de celui de n'importe quel adolescent de mon âge : un T-shirt de super-héros, un jean foncé et des baskets montantes. Il ne parle jamais de ce qui lui est arrivé, et je ne lui pose jamais de questions. Les amis ont droit à leur jardin secret, après tout – même si, comble de l'ironie, Jacob peut lire dans mes pensées. Moi, en revanche, je ne peux pas déchiffrer les siennes mais, tout bien réfléchi, j'aime mieux être en vie et dépourvue de pouvoirs télépathiques que télépathe et fantôme.

En entendant ce dernier mot, Jacob redresse la tête et me lance un regard lourd de sous-entendus.

—Je préfère l'expression « déficient corporel », marmonne-t-il.

Je lève les yeux au ciel : j'ai horreur qu'il pénètre dans mon esprit sans me demander l'autorisation, et il le sait. Certes, c'est un effet secondaire de notre lien un peu spécial, mais bon… il y a des limites !

—Ce n'est pas ma faute si tu penses aussi fort, réplique Jacob, un sourire narquois aux lèvres.

En m'entendant pousser un petit rire désabusé, quelques élèves me jettent des regards déconcertés. Gênée, je me renfonce sur ma chaise – mes baskets viennent cogner le sac à dos posé à mes pieds. L'invitation que Mélanie a tendue à Jenna circule dans la salle sans passer par moi, mais je m'en moque.

L'été approche : à moi le grand air, le soleil et les livres qu'on lit par plaisir et non par obligation ! Pour ma famille, cette saison est synonyme de séjour à Long Island, dans la maison au bord de la mer que mes parents louent chaque année pour travailler tranquillement sur leur prochain livre.

Mais l'été, c'est surtout un moment de répit bienvenu pour moi : là-bas, il y a beaucoup moins de spectres et d'apparitions.

J'ignore ce que ce bungalow sur la plage a de spécial – peut-être est-ce parce qu'il est de construction récente, ou bien bâti dans un coin calme, loin de tout ? En tout cas, sur la côte, il y a nettement moins de fantômes que dans le nord de l'État de New York. Dès la fin des cours, j'aurai donc droit à six semaines entières de soleil, de sable et de bonnes nuits de sommeil.

Six semaines sans devoir subir les sollicitations obstinées de dizaines d'esprits tourmentés. Six semaines à me sentir normale, ou presque…

Vivement les vacances !

J'ai beau avoir hâte d'être débarrassée des fantômes cet été, sitôt que la cloche retentit, je me lève, hisse sur mon épaule droite mon sac à dos et, sur la gauche, la sangle de mon appareil photo… pour laisser ensuite mes pieds me porter vers la source de ce tapotement obstiné.

— Cass... Idée de fou, me lance Jacob en m'emboîtant le pas. On pourrait juste aller déjeuner... qu'est-ce que tu en dis ?

Je prends bien soin de ne pas lui répondre de vive voix.

Le jeudi, c'est hachis parmentier. Je préfère encore affronter les fantômes.

— Dis donc, tu pourrais rester polie ! s'exclame-t-il, feignant l'indignation.

Mais on sait tous les deux qu'il n'a rien d'un spectre ordinaire – pas plus que je ne suis, moi, une fille ordinaire. Plus maintenant, plus depuis mon accident de vélo, et la rivière gelée qui m'a engloutie. Pour faire court, Jacob m'a sauvé la vie. Il saute sur l'occasion de réagir, bien sûr :

— Mais oui... On pourrait dire que je suis une sorte de super-héros !

Juste à cet instant, un casier s'ouvre devant son nez. Je me retiens à grand-peine de grimacer, même si, sans marquer la moindre hésitation, Jacob passe tout naturellement à travers la porte. Ce n'est pas que j'oublie sa condition (difficile d'oublier que son meilleur ami est invisible aux yeux des autres)... Non, disons simplement qu'on peut finir par s'habituer à n'importe quoi, avec le temps. Déjà un an que Jacob me hante... Et ce n'est même pas le détail le plus étrange de ma vie, ce qui en dit long, tout de même !

On arrive au bout du couloir. À gauche, la cantine, à droite, l'escalier.

— Dernière chance de passer une journée normale ! me prévient mon camarade.

Son petit sourire en coin le trahit : on sait tous les deux que plus rien dans notre vie n'est vraiment normal.

On prend donc à droite.

Après avoir descendu les marches, on s'engage dans un autre corridor, à contre-courant des élèves qui vont déjeuner. À chaque tournant du couloir, le signal se fait plus fort, pour finir par me tirer vers lui telle une corde nouée autour de ma taille. Je n'ai même pas besoin de réfléchir à la direction à prendre, au contraire : moins j'y pense, plus il est facile de me laisser guider.

Mon sixième sens m'entraîne jusqu'à la grande salle où se tiennent tous les spectacles de fin d'année.

— Très, très mauvaise idée, marmonne Jacob, maussade, les mains glissées dans ses poches.

Je lui rappelle qu'il n'était pas obligé de m'accompagner – même si, à vrai dire, je suis bien contente qu'il soit venu.

— Règle numéro 9 de l'amitié : l'observation des fantômes est un sport d'équipe, déclare-t-il.

— Pas faux.

Je retire le protège-objectif de mon appareil photo manuel. C'est un vieil engin encombrant au viseur fissuré, qui fonctionne avec des pellicules en noir et blanc et dont l'épaisse sangle violette est presque toujours sur mon épaule.

Si un professeur me surprend dans la salle de spectacle, je pourrai toujours prétendre être en pleine prise de vue pour le journal du collège. Même s'il n'y a aucun nouveau numéro de prévu aussi tard dans l'année…

Et que je n'ai jamais travaillé pour le journal.

J'ouvre la porte pour entrer. La pièce est immense, très haute de plafond. Un lourd rideau rouge dissimule la scène.

Soudain, je comprends pourquoi mon instinct m'a conduite ici. Chaque école a ses rumeurs, des légendes urbaines censées expliquer tel grincement récurrent dans les toilettes des garçons, tel courant d'air glacé au fond de la salle d'anglais, ou encore l'odeur de fumée qui envahit invariablement l'auditorium.

Mon collège ne fait pas exception. À une différence près, cependant : moi, quand on me raconte une histoire de fantôme, je peux vérifier si elle est vraie. Et le plus souvent, figurez-vous que non.

Le grincement est dû à la rouille qui a grippé les gonds d'une porte. Le courant d'air, lui, à un défaut d'isolation…

Mais, en suivant ce pressentiment obstiné tout le long de l'allée centrale, puis jusque sur l'estrade, je comprends que la rumeur, cette fois, est vraie.

On prétend qu'un élève est mort ici au cours d'une représentation. Il y a des années, peu après l'ouverture du collège, un incendie se serait déclaré pendant le deuxième acte du *Songe d'une nuit d'été*. Le décor aurait pris feu, mais tout le monde serait parvenu à sortir. C'est du moins ce qu'auraient cru les spectateurs, à l'époque. Jusqu'à ce qu'on découvre le corps d'un garçon sous la trappe de la scène...

Voyant Jacob frissonner à côté de moi, je lève les yeux au ciel. Qu'est-ce qu'il est froussard, pour un fantôme !

—Tu ne t'es jamais dit que c'était ton sens du danger qui était sacrément émoussé, au contraire ? rétorque-t-il, agacé.

Mais je ne suis pas plus brave qu'une autre, je vous rassure. Croyez-le ou non, je n'ai pas particulièrement envie de passer ma vie à chercher des fantômes. Simplement, s'ils sont là, juste sous mon nez, c'est tout de même difficile de les ignorer. C'est comme savoir que quelqu'un se tient juste derrière soi, sans pouvoir se retourner. On sent un souffle chaud sur sa nuque et, chaque seconde qui passe sans qu'on sache de qui il s'agit, l'imagination s'emballe un peu plus. Au bout du compte, ce qu'on ne voit pas est souvent plus effrayant que ce qu'on peut affronter en face.

Je grimpe sur la scène, Jacob sur mes talons. Son inquiétude et sa réticence me font hésiter. Je soulève malgré tout un coin du rideau rouge pour me glisser dans les coulisses. Lui me suit en passant directement à travers le lourd tissu.

De l'autre côté, il fait sombre – au point qu'il me faut quelques instants pour distinguer les divers sièges et accessoires éparpillés sur l'estrade. Un fin rai de lumière filtre cependant sous le rideau. Malgré le calme apparent, il règne ici une étrange impression de mouvement. On entend les sacs de sable qui servent à lever les décors grincer faiblement sur leurs mousquetons, un souffle d'air murmurer sous le plancher, un vague bruissement monter du fond de la pièce – pourvu que ce soient de vieux papiers froissés et non le trottinement d'un ou plusieurs rats.

Je sais que certains élèves plus âgés se mettent régulièrement au défi de se faufiler dans les coulisses pour coller l'oreille aux planches de la scène et guetter le moindre signe d'un fantôme. On les entend parfois se vanter, dans les couloirs, du temps qu'ils ont réussi à tenir. Une, deux, trois minutes… Certains affirment avoir entendu des voix, d'autres prétendent avoir distingué une odeur de fumée et le vacarme de spectateurs en pleine débandade. Mais comment savoir où s'arrêtent les affabulations et où commence la vérité ?

Moi, personne ne m'a mise au défi de venir ici. Inutile : comme mes parents écrivent des livres sur les phénomènes paranormaux, tout le monde s'imagine que je suis assez dérangée pour m'y risquer toute seule comme une grande.

Ils n'ont pas tort, d'ailleurs – la preuve...

Je suis parvenue au centre de la scène quand je trébuche sur un objet dans le noir. Voyant que je tombe en avant, Jacob tend la main pour me rattraper, mais ses doigts passent à travers mon bras. Je me cogne les genoux sur le parquet et mes paumes claquent en rencontrant le sol. À ma grande surprise, je le sens osciller légèrement – je mets un moment à comprendre que je suis tombée sur la fameuse trappe aménagée dans le plancher de la scène.

Lorsque le signal se fait plus pressant sous mes mains, je remarque un mouvement à la périphérie de mon champ de vision : un rideau gris diaphane, agité par une petite brise. Rien à voir avec la lourde tenture rouge de la scène. Celui-là, personne d'autre que moi ne peut le voir.

Il s'agit du Voile. La frontière entre ce monde et un autre, entre les vivants et les morts. Voilà ce que je cherche depuis tout à l'heure.

Mal à l'aise, Jacob se balance d'un pied sur l'autre.

— Bon, finissons-en ! me lance-t-il.

Autant mettre toutes les chances de notre côté : je me relève et – c'est une tradition – je lève le bras vers lui en lançant :

— *Check* spectral !

Le *check* de ceux qui ne peuvent jamais se toucher physiquement. En gros, je tends la main et Jacob fait mine de taper dedans. Quand nos paumes sont censées entrer en contact, on claque la langue, comme si elles se rencontraient vraiment.

—Aïe ! s'exclame-t-il en ramenant son bras vers lui. Pas si fort !

Je pouffe de rire. Parfois, il est vraiment bête. Mais nos pitreries m'ôtent un poids de la poitrine : quand j'approche mes doigts du Voile, la peur et la nervosité m'ont presque totalement quittée.

À la télévision, j'ai entendu des experts en phénomènes paranormaux (si tant est qu'un tel métier existe vraiment) parler de « passer de l'autre côté », de « communiquer avec l'autre monde », comme s'il s'agissait d'appuyer sur un interrupteur ou d'ouvrir une porte. Pour moi, c'est différent : c'est un peu comme si je cherchais l'endroit où s'ouvre le rideau pour empoigner un pan de tissu et tirer dessus.

Quelquefois, lorsqu'un endroit est vierge de tout fantôme, le Voile est presque inconsistant, plus proche du panache de fumée que de l'étoffe, et se fait difficile à attraper. En revanche, lorsqu'un lieu est hanté, vraiment hanté, le rideau s'entortille autour de moi pour m'inciter à le franchir. On dirait presque qu'il essaie de me faire passer de l'autre côté malgré moi.

En cet instant, il danse entre mes doigts, impatient d'être saisi.

Je l'agrippe donc avant de prendre une profonde inspiration et d'écarter le tissu.

CHAPITRE 2

Quand j'étais petite, j'avais peur, comme beaucoup d'enfants, qu'un monstre se cache dans le placard de ma chambre. Impossible de fermer l'œil tant que mon père n'était pas venu ouvrir en grand ma penderie, histoire de me prouver qu'elle était vide. Traverser le Voile, c'est un peu comme ouvrir la porte de ce placard.

À une différence près, bien sûr. Les monstres n'existent pas : mon armoire était toujours vide.

De l'autre côté du Voile, en revanche… c'est une autre histoire.

Un frisson me parcourt l'échine. L'espace d'un instant, je ne suis plus dans les coulisses, mais sous l'eau. Les flots glacés se referment sur moi et la lumière s'éloigne à mesure qu'un poids me tire vers le bas, toujours plus profond…

— Cassidy !

Au son de la voix de Jacob, je reviens à moi. Le souvenir de la rivière se volatilise aussitôt. Je suis de retour dans la salle de spectacle, où rien n'a changé, mais tout est différent. Même s'il fait moins sombre qu'avant, car quelques projecteurs l'éclairent désormais, la scène m'apparaît ternie comme sur une vieille photo sépia. Derrière le rideau s'élève le murmure impatient d'un public.

Le corps de Jacob, toujours debout à mes côtés, semble tout à coup plus tangible, plus réel. Je baisse les yeux sur mon propre torse mais, comme d'habitude, rien n'a vraiment changé. Mis à part ma peau, un peu pâle, je reste moi-même, jusqu'à l'appareil photo suspendu à mon cou. La seule véritable différence, c'est la lumière qui brille à l'intérieur de ma poitrine : une spirale lumineuse bleutée luit entre mes côtes, pareille au filament d'une ampoule. « On dirait Iron Man », plaisante parfois Jacob. Je tiens mon appareil photo devant moi pour en estomper l'éclat.

— Tout le monde en place ! crie depuis les coulisses une voix d'adulte qui me fait sursauter.

Mon ami m'attrape le bras pour me rassurer et, cette fois, sa main ne me traverse pas. Jacob a plus de consistance ici – ou c'est moi qui en ai moins. En tout cas, ce simple contact me réconforte.

— Acte deux ! ajoute l'inconnu.

C'est à ce moment-là que je comprends ce qui se passe. Ou plutôt quand, exactement, je me trouve.

Il s'agit de la nuit de l'incendie.

Tel un envol de chauves-souris, un tourbillon de garçons et de filles en capes scintillantes et couronnes de fée se précipitent soudain sur scène sans nous remarquer. Lorsque le rideau se lève, le murmure du public emplit le théâtre plongé dans l'obscurité. Par réflexe, je me baisse un bref instant, prête à retourner en coulisse à la hâte, avant de me rappeler que ces spectateurs n'existent pas, en réalité. Le lieu, l'espace, le temps – cette dimension tout entière est le domaine du fantôme et de ses souvenirs.

Le reste n'est que mise en scène.

Je lève mon appareil sans prendre la peine de regarder dans le viseur (ça ne servirait à rien, il est fissuré) pour prendre quelques clichés à la volée, bien consciente que la pellicule n'imprimera que l'ombre de ce que je vois. Un peu plus qu'en temps normal, mais un peu moins que ce qui m'entoure en réalité.

— Et dire qu'on pourrait être à la cantine, en train de déjeuner tranquillement, comme tout le monde… chuchote Jacob d'un ton chagrin.

— Je te rappelle que tu ne manges pas et que moi, je vois des fantômes, répliqué-je tout bas.

Au début du deuxième acte, les fées se rassemblent autour de leur reine dans un décor de forêt de bric et de broc. Je scrute la scène, les passerelles qui nous surplombent et les décors, cherchant à comprendre d'où peut bien être parti l'incendie.

Voilà peut-être pourquoi je me sens attirée par ce type de lieu… Les fantômes n'y restent sans doute pas par hasard. Si quelqu'un – en l'occurrence, moi – découvre la vérité sur ce qui leur est arrivé… qui sait ?

Peut-être trouveront-ils la paix et pourront-ils enfin s'arracher à cet endroit ?

— Ce n'est pas comme ça que ça marche, murmure Jacob.

— Qu'est-ce que tu entends par là ? m'étonné-je en tournant la tête vers lui d'un mouvement brusque.

Il s'apprête à me répondre quand apparaît un garçon. Petit, il a un visage pâle surmonté de boucles brunes emmêlées. C'est mon fantôme, je le sais d'instinct – c'est comme si le sol s'inclinait vers lui pour mieux me pousser dans sa direction.

Sous mes yeux, sa cape se prend dans les cordages et les câbles des coulisses. Il parvient à se dégager et déboule sur scène en titubant, mais sa couronne tombe, le contraignant à revenir sur ses pas. L'espace d'un instant, nos regards se croisent : j'ai l'impression qu'il peut me voir. J'aimerais lui parler, mais Jacob me couvre la bouche d'une main en secouant la tête.

Au moment où la musique démarre, les yeux de l'enfant se voilent. Le regard perdu dans le vague, il va prendre sa place sur scène.

— Il vaudrait mieux partir, me chuchote mon ami.

J'en suis incapable. Pas tout de suite : il faut d'abord que je sache ce qui s'est vraiment passé.

À cet instant précis, j'entends un crissement derrière moi. En me retournant, je vois un câble – un de ceux qui ont fait trébucher le garçon – se détacher, puis se dérouler. Un sac de sable commence à glisser.

Puis sa descente s'accélère. Dans sa chute, il heurte un boîtier d'alimentation électrique et percute un fusible.

Jaillit alors une étincelle – pourtant minuscule, presque rien. Sous mes yeux, elle bondit sur l'objet le plus proche... en l'occurrence, quelques arbres en carton entreposés en coulisse. Je souffle :

— Oh, non...

Sur scène, le spectacle se poursuit. Aucune flamme en vue, du moins pas encore, juste la température ambiante qui monte peu à peu et de fines volutes de fumée qui passent d'abord inaperçues dans l'obscurité du théâtre. Je lève les yeux : le panache s'élève et s'épaissit pour finir par couvrir le plafond, tel un nuage bas. Mais personne, là encore, ne s'en aperçoit.

Pas avant que l'incendie ne se déclenche enfin...

La scène est jonchée de matériaux inflammables : la forêt entière est faite de planches, de tulle et de peinture. Le tout prend rapidement feu et le charme qui tient les spectateurs sous son emprise finit par se rompre. Les élèves déguisés en fées se dispersent. La panique gagne le public. J'ai beau savoir qu'il ne s'agit que d'un souvenir, de l'écho de paroles et d'actions depuis longtemps révolues, je sens la chaleur se propager jusque dans la moelle de mes os.

Jacob m'attrape par la main pour m'éloigner du brasier en furie. Malgré l'affolement, mes doigts tournent la manivelle de mon appareil. Poussée par l'instinct, je prends autant de photos que je peux de la scène, qui n'est bientôt plus que fumée, flammes et terreur.

J'ai la tête qui tourne, comme si j'avais trop retenu mon souffle. Je suis là depuis bien assez longtemps, je le sais. Il est temps de partir, mais mes pieds refusent de bouger.

C'est à ce moment-là que j'aperçois le garçon aux cheveux bruns : il essaie d'avancer, plié en deux comme on nous l'enseigne à l'école. Mais l'incendie se répand à une vitesse folle. Il engloutit les décors de tous côtés et s'attaque soudain au rideau. Très vite, il ne reste plus aucune issue, toute la scène est la proie des flammes. L'enfant se met alors à quatre pattes pour ramper jusqu'à la trappe.

— Non !

J'ai crié en vain, bien sûr. Sans m'écouter ni se retourner, il soulève le battant et s'engouffre dans l'obscurité, juste avant qu'un morceau de décor embrasé ne s'effondre sur l'estrade et ne bloque l'accès à la trappe.

— Cassidy !

C'est Jacob qui m'appelle. Les yeux rivés sur le brasier, je ne parviens pas à m'arracher à la contemplation des flammes. Je sens pourtant mes poumons se remplir de fumée.

Mon ami me saisit par les épaules.

— Vite, il n'y a plus de temps à perdre !

Comme je ne réagis toujours pas, il me pousse. Mes pieds heurtent un banc de bois et je tombe en arrière.

Le temps que je percute le sol, le parquet est déjà froid. L'incendie a disparu, de même que la lumière dans ma poitrine. Jacob, qui a retrouvé sa forme spectrale, s'accroupit près de moi et je m'affale sur le dos, hors d'haleine.

C'est que, parfois, voyez-vous, je me retrouve prise au piège.

Un peu comme dans le Pays imaginaire, dans *Peter Pan* : plus les enfants perdus y séjournent longtemps, plus ils oublient le monde réel. Moi, plus je passe de temps du mauvais côté du Voile, plus il me devient difficile de revenir.

— Tu es contente de toi ? grommelle mon ami, les bras croisés d'un air irrité.

« Contente » n'est pas le bon mot. Si des doigts invisibles continuent de pianoter sur ma nuque – ils ne disparaissent jamais vraiment –, je sais à présent ce qui se trouve de l'autre côté et je peux plus facilement ignorer leur appel.

— Désolée…

Je me relève en époussetant d'invisibles cendres sur mon jean. Dans ma bouche persiste le goût âcre de la fumée.

— Règle numéro 21 de l'amitié : ne jamais laisser un ou une amie de l'autre côté du Voile, déclare Jacob.

À ces mots, la cloche retentit.

La pause déjeuner est officiellement terminée.

CHAPITRE 3

Avant de poursuivre, il faut que je revienne un peu en arrière.

Il y a trois choses importantes à savoir, voyez-vous.

Primo : d'aussi loin que je me souvienne, j'ai toujours pris des photos.

D'après mon père, l'univers est sans arrêt en mouvement. Il ne cesse de changer, chaque seconde de chaque jour – et, avec lui, tout ce qui le constitue, ce qui veut dire que vous n'êtes déjà plus la même personne que celle qui a commencé à lire cette phrase. C'est fou, non ? Et ce n'est pas tout : nos souvenirs changent, eux aussi. (Par exemple, je suis prête à jurer que l'ours en peluche que j'avais quand j'étais petite était vert, mais mes parents sont catégoriques : il était orange.) Cependant, quand on capture un instant sur la pellicule, le monde se fige pour toujours. Il était, reste et restera le même, à jamais.

Voilà pourquoi j'adore la photographie.

Secundo : je fête mon anniversaire fin mars, au moment où deux saisons se confondent. Le soleil est déjà chaud, mais le vent encore froid. Les arbres se mettent à fleurir alors même que le sol n'a pas fini de dégeler. Maman aime répéter que je suis née un pied en hiver et l'autre au printemps. Voilà, à l'entendre, pourquoi je ne tiens pas en place, pourquoi je vais tout le temps au-devant des ennuis – parce que je suis de partout et nulle part à la fois.

Tertio : j'habite dans une ville entourée de champs et de collines (sans oublier un bon nombre de fantômes !), d'arbres aux couleurs changeantes, de rivières qui dégèlent quand revient le printemps et d'une multitude de paysages magnifiques.

Ces trois éléments – le moment, l'endroit et mon amour pour la photo – semblent anecdotiques, et pourtant ils ont leur importance, je vous le promets. Ils constituent la trame de mon histoire.

Pour mon onzième anniversaire, mes parents m'ont offert un appareil photo rétro. Je vous en ai déjà parlé, c'est un modèle dont l'ouverture se règle manuellement, doté d'une sangle violette et d'un flash à l'ancienne. À l'école, tous mes camarades utilisent leur téléphone, mais moi, j'avais envie de sentir le poids d'un véritable appareil entre mes mains. Et ç'a été un vrai coup de foudre. Le jour où je l'ai reçu, tout de suite, j'ai su ce que je voulais aller photographier.

À quelques kilomètres de chez nous, au milieu des collines, se trouve un petit vallon escarpé. À la tombée du jour, le soleil se couche pile entre les deux versants, niché comme une balle entre deux mains en coupe. Aucun de ces couchers de soleil ne ressemble à un autre : à chaque crépuscule, le spectacle est différent. Tout à coup, j'ai compris que j'avais envie de les prendre en photo tous les jours pendant un an.

À commencer par ce soir-là.

Vous vous souvenez que je suis née en mars ? Pour la première fois de l'année, il faisait assez chaud pour que je prenne mon vélo, même si l'air était encore un peu « mordant » (une des expressions fétiches de ma mère). J'ai donc passé la sangle de l'appareil autour de mon cou et filé vers les collines. Mes pneus sifflaient sur le sol à moitié gelé, le soleil baissait inexorablement à l'horizon. Engagée dans une véritable course contre la montre, j'ai dévalé les rues, longé le terrain de football et déboulé sur le pont de la ville.

Ce pont, en métal et en bois, enjambe une rivière. Il faut que chaque voiture attende son tour pour l'emprunter, car il n'est pas assez large pour permettre à deux d'entre elles de se croiser. J'avais déjà franchi la moitié de la distance quand un camion a surgi dans le virage, fonçant droit sur moi.

J'ai fait une embardée – comme le véhicule en face de moi –, dans un grand crissement de gomme abandonnée sur la chaussée. Mon vélo a percuté la balustrade dans une gerbe d'étincelles. Assez fort pour me faire valser par-dessus le guidon.

Et par-dessus la rambarde.

Je suis tombée. Ça paraît plutôt simple dit comme ça, non ? Un peu comme quand on trébuche et qu'on s'écorche le genou. Seulement, là, il s'agissait d'une chute de six mètres dans une rivière qui, à peine quelques jours plus tôt, était encore complètement gelée. Quand j'ai heurté la surface, à cause de la violence du choc et le froid glacial, mes poumons se sont vidés d'un seul coup de tout l'air qu'ils contenaient.

Tout est devenu blanc, puis noir. Lorsque j'ai recouvré la vue, je continuais de couler. À mon cou, mon appareil photo, lourd comme une enclume, me tirait impitoyablement vers le fond. L'eau se faisait de plus en plus sombre, la surface où ondulaient des rides de lumière s'éloignait peu à peu. L'espace d'un instant, j'ai cru voir une silhouette, une ombre, se pencher vers les flots. Mais elle s'est vite évanouie et moi, je sombrais toujours.

Je n'ai pas pensé à la mort.

Uniquement au liquide glacé entré dans mes poumons et à la pression de plus en plus forte que l'eau exerçait sur moi. Et puis même ces détails-là ont commencé à m'échapper. Il ne m'est plus resté qu'une seule pensée : *La lumière, je m'éloigne de la lumière...* J'ai bien essayé d'écouter la petite voix qui me disait de ne pas la laisser partir, en vain. Mes membres étaient trop lourds, mes poumons, trop vides.

Je ne me souviens pas de la suite. Enfin, pas vraiment.

Le monde a soudain connu une espèce de sursaut, comme quand un film, resté figé sur une image, se débloque et se remet d'un seul coup à défiler : sans crier gare, je me suis retrouvée assise sur la berge, toute suffocante. À côté de moi était accroupi un garçon vêtu d'un jean et d'un T-shirt de super-héros. Il avait une mèche de cheveux blonds dressée sur le dessus de la tête, comme s'il venait d'y passer la main.

— *Eh bien, c'était moins une...* m'a-t-il lancé.

À ce moment-là, je ne savais pas à quel point c'était vrai.

— *Que s'est-il passé ?* ai-je demandé en claquant des dents.

— *Tu es tombée dans l'eau et je t'ai remontée.*

Ce n'était pas logique : j'étais trempée jusqu'aux os, et lui, même pas mouillé. Je tremblais si fort, les yeux brûlants et le front glacé, que je n'ai pas remarqué l'étrange pâleur de sa peau, si grisâtre que je pouvais presque – je dis bien presque – voir à travers. J'étais trop épuisée, trop frigorifiée pour ça.

— *Je m'appelle Jacob.*

— *Moi, c'est Cassidy*, ai-je répondu avant de me rallonger sur la berge.

— *Non !* s'est-il exclamé en se penchant sur moi. *Surtout, ne t'endors pas...*

D'autres voix se sont fait entendre, puis des portières de voiture ont claqué et des bottes dévalé, moitié courant, moitié glissant, la rive gelée. J'ai vaguement senti la chaleur d'un manteau qu'on étendait sur moi, mais je n'arrivais pas à garder les yeux ouverts.

À mon réveil, j'étais couchée dans un lit d'hôpital, mes parents à mon chevet, mes mains serrées dans les leurs, si chaudes. Jacob était là, lui aussi, assis en tailleur sur une chaise. (J'ai vite compris que j'étais la seule à le voir.) J'ai remarqué mon appareil photo posé sur la table de nuit, sangle effilochée et viseur fissuré. Il était abîmé mais pas fichu, altéré mais pas détruit.

Un peu comme moi, à vrai dire : un peu différente, plus tout à fait la même. Plus tout à fait en vie, mais à coup sûr pas… pas…

Enfin, est-ce qu'on peut vraiment dire qu'on est mort si on n'est pas *resté* mort, en fin de compte ? D'ailleurs, est-ce qu'on est vraiment vivant une fois qu'on a ressuscité ?

Le mot adéquat, ce serait sans doute « mort-vivant », et pourtant je n'ai rien d'un zombie. Mon cœur bat avec obstination dans ma poitrine. Je mange, je dors et je fais tout ce que font les vivants.

« Mort imminente », voilà le terme exact. Mais, moi, je sais qu'elle n'a pas été qu'imminente.

J'ai franchi le seuil, je suis passée de l'autre côté. Assez longtemps pour que mes yeux s'adaptent à l'obscurité, comme dans une chambre noire. Assez longtemps pour distinguer les contours de ce mystérieux endroit – avant d'être ramenée de force dans la lumière.

Au bout du compte, je pense que ma mère a raison.
J'ai un pied en hiver et l'autre au printemps.
Un pied chez les vivants et l'autre chez les morts.

Une semaine plus tard, j'ai découvert le Voile.

Ce jour-là, on était partis en promenade, Jacob et moi. On s'efforçait de comprendre l'étrange lien qui nous unissait – lui n'avait encore jamais hanté personne, et c'était bien la première fois qu'une chose pareille m'arrivait – quand le phénomène s'est produit.

On traversait un terrain vague lorsque, soudain, j'ai eu pour la première fois ce fameux pressentiment. C'était… comme un regard insistant posé sur moi, ou le frisson qu'on ressent au contact d'une toile d'araignée sur sa peau nue. Du coin de l'œil, j'ai vu s'agiter dans la brise l'échancrure d'une étoffe grise. J'aurais dû détourner le regard, mais je ne l'ai pas fait – c'était tout bonnement impossible. Au contraire, j'ai senti que, malgré moi, je me tournais vers le rideau pour l'empoigner d'une main.

Et là, l'espace d'un instant, voilà que mon corps tombait de nouveau dans le vide pour aller briser la surface de la rivière.

Je n'ai pas lâché prise pour autant. Quand je suis revenue à moi, Jacob se tenait toujours à mes côtés, mais il me semblait soudain plus tangible, plus réel – et tout aussi perdu que moi. Le terrain vague avait disparu. On se trouvait dans un entrepôt. Un cliquetis métallique résonnait sur les murs de la salle. J'entendais quelqu'un sangloter à proximité. Si je n'avais pas peur du Voile lui-même, ces pleurs, qui me donnaient l'impression d'entrer sans prévenir dans la vie – ou, en l'occurrence, la mort – de quelqu'un d'autre, m'ont, eux, remplie d'effroi. Je me suis donc extirpée de cet endroit aussi vite que possible, arrachant le Voile comme si ce n'était effectivement qu'une vulgaire toile d'araignée collée à mes vêtements.

Ce jour-là, je me suis juré de ne jamais y retourner. Et je le pensais vraiment.

Pourtant, deux semaines plus tard, j'ai de nouveau senti des doigts glacés pianoter sur ma nuque et cette étrange étoffe grise frôler ma peau. Sans même prendre le temps de réfléchir, j'ai empoigné le Voile pour l'ouvrir tout grand. Jacob, lui, a gémi, une moue réprobatrice sur le visage, avant de m'emboîter le pas à contrecœur.

C'était il y a un an.

Pour la plupart des gens, la différence entre la vie et la mort est assez nette. Mais il s'est produit un phénomène étrange quand Jacob m'a arrachée aux flots de la rivière. C'est comme si, moi aussi, j'avais tiré mon ami de je ne sais où. Comme si, depuis, nos destins étaient inextricablement entremêlés. Maintenant, je ne suis plus tout à fait vivante et lui n'est plus tout à fait mort.

Chasseuse de fantômes

Si on était des super-héros, cela serait le récit de nos origines.

Certains se font mordre par une araignée, d'autres tombent dans une cuve d'acide.

Pour nous, c'était une rivière.

CHAPITRE 4

— *Batgirl*, forcément, déclare Jacob. La réédition, pas l'original…

— O.K.

Je traîne des pieds sur le chemin du retour à la maison. Nous avons beau être deux, une seule ombre se dessine sur le trottoir. La discussion tourne autour des bandes dessinées qu'il veut que je lui prenne pour la plage.

— Sans oublier *Tête de mort*… ajoute-t-il.

C'est sa série préférée. Elle raconte l'histoire de Tête de mort, un cow-boy qui ressuscite pour traquer les esprits maléfiques, avec Sac d'os, son lévrier irlandais. Jacob continue d'énumérer les possibilités, hésitant entre le numéro 31 de *Thor* et le numéro 5 de *Tête de mort*, mais je ne l'écoute plus vraiment, car un détail me tracasse.

Dans l'auditorium, quand je pensais pouvoir aider le fantôme du jeune garçon en voyant ce qui lui était arrivé, Jacob m'a détrompée. « *Ce n'est pas comme ça que ça marche* », a-t-il affirmé. Ce qui ne lui ressemble pas. D'habitude, il ne dit rien sur le Voile. Jamais. J'ai toujours pensé que s'il se taisait, c'était simplement parce qu'il ignorait les raisons de mon attirance pour cette frontière. Ou de ma capacité à la traverser. Ou encore ce que j'étais censée faire de l'autre côté. Et si, en réalité, il connaissait toutes ces réponses et me les cachait ?

En cet instant, il lit dans mes pensées, voit mes interrogations et mes doutes.

— Règle numéro 7 : se mêler de ses oignons.

Ouais, bien sûr, pensé-je. *Mais tu oublies la règle d'or de l'amitié : ne pas garder de secrets pour soi.*

— Je ne peux pas tout te dire, Cass, soupire-t-il. Il y a des principes à respecter quand on est un…

Il se désigne d'un grand geste.

— Quel genre ?

— Des principes, c'est tout ! répond-il d'un ton brusque, le visage cramoisi.

Comme je déteste le voir fâché, je n'insiste pas. Enfin, je continue quand même d'y penser – très fort, et dans sa direction. Toutefois, il fait mine de ne pas m'entendre, aussi je ne repose pas la question à voix haute.

— Tu peux choisir six bandes dessinées, lancé-je pour changer de sujet.

Il fait la moue, mais de manière si exagérée qu'il est évident qu'il plaisante. C'est ce que j'adore chez Jacob. Même quand il se met en colère, ça ne dure jamais bien longtemps. Tout semble lui passer au-dessus.

— Bon, allez, sept, concédé-je à notre arrivée dans ma rue. Mais c'est moi qui aurai le dernier mot. Et pas de *Batman*.

— Quel tyran ! s'exclame-t-il, faussement accablé.

Je tapote distraitement mon appareil photo, me demandant si certains des clichés que j'ai pris aujourd'hui derrière le Voile seront réussis, quand je remarque soudain qu'il ne reste plus qu'une seule prise sur la pellicule.

— Souris, demandé-je à Jacob.

Il fait le signe de la paix, sans regarder l'objectif. Comme toujours.

« Tu n'es pas au courant ? se plaît-il à me taquiner. *Les photos fauchent les âmes. Et puis, ce n'est pas comme si j'allais être visible dessus. »*

Clic.

Nous poursuivons notre chemin. Quelques minutes plus tard, ma maison apparaît. Il s'agit de l'une de ces vieilles demeures victoriennes qui donnent l'impression d'être hantées.

(Elle ne l'est pas.)

(Sauf par Jacob.)

(Et lui ne compte pas.)

— Ce n'est pas très gentil de dire ça, marmonne-t-il en me suivant à l'intérieur.

Je me déchausse près de la porte d'entrée, à côté d'une gigantesque pile de livres. Il y en a aussi qui débordent du bureau, jusque dans le couloir. Des ouvrages de recherche – histoire, religion, mythes et traditions – et des romans. D'autres, enfin, portent le nom de mes parents sur la couverture, avec un titre imprimé en lettres argentées ou dorées :

LES INSPECTREURS.

C'est un jeu de mots, voyez-vous : quand on est inspecteur, on fait des recherches et on enquête sur un sujet, et « spectre », c'est un synonyme de fantôme. Donc, logiquement, un « inspectreur », c'est quelqu'un qui enquête sur les fantômes.

Mes parents ont écrit toute une série sur ce thème – ils en sont maintenant au sixième tome. C'est un genre de livre d'histoire, mais avec des récits de fantômes, qui mélangent faits réels et mythes. Le concept plaît assez. Je prends le dernier volume et regarde la photo sur la quatrième de couverture. On y voit un homme mince en manteau de tweed, ses cheveux bruns grisonnant sur les tempes, avec un carnet sous le bras et des lunettes perchées sur le bout du nez (mon père). À ses côtés se tient une femme en pantalon clair et chemisier coloré, ses folles boucles brunes relevées en un chignon tenu par des stylos, avec dans les mains un livre ouvert dont les pages ondulent comme sous une brise (ma mère).

À leurs pieds, roulée en boule, se prélasse une masse de fourrure noire aux yeux verts. C'est Morty, notre chat.

L'ouvrage se compose pour moitié d'histoire et pour l'autre moitié de magie, avec un soupçon de bonne vieille superstition.

Le plus drôle, c'est que papa ne croit même pas aux fantômes (leur éditeur apprécie son esprit sceptique, qui rend leurs livres plus « terre à terre », trouve-t-il, et grâce auquel les lecteurs peuvent plus facilement « s'identifier »). Mes parents forment une bonne équipe, avec mon père dans le rôle de l'intellectuel et ma mère dans celui de la rêveuse. Lui s'attache à expliquer le passé tandis qu'elle invente des histoires de fantômes à partir de on-dit et d'hypothèses.

Et moi ? Je reste en dehors de tout ça.

Il faut préciser que mes parents ne connaissent pas l'entière vérité à mon sujet. Je ne leur ai jamais raconté ce qui m'est vraiment arrivé dans la rivière. Je n'ai jamais non plus évoqué avec eux le Voile, ni ce qui se trouve de l'autre côté. J'ai l'impression que ce secret, il vaut mieux le garder pour moi.

Mes parents parlent donc des fantômes – ou plutôt, ils écrivent dessus – sans les voir.

Quant à moi, je peux les voir, mais je n'ai aucune envie d'en parler – et encore moins d'écrire sur eux.

Si ça, ce n'est pas de l'ironie…

— Coucou ! crié-je. Il y a quelqu'un ?

La voix de ma mère résonne dans le couloir. Elle est au téléphone dans son bureau. À son ton, je devine qu'elle donne une interview.

— Est-ce que je pense que le monde dépasse notre entendement ? Bien sûr ! Ce serait pure arrogance de croire le contraire…

Elle passe la tête par la porte (avec son habituel chignon « porc-épic ») et me sourit tout en poursuivant :

— Fantômes, résidus, esprits, spectres, appelez-les comme vous voulez…

Elle me serre dans ses bras sans modifier son rythme d'élocution.

— Certes, la science peut expliquer certains phénomènes, mais quand plusieurs personnes vivent la même expérience surnaturelle, voient le même fantôme, racontent la même histoire, il faut peut-être commencer à se poser des questions.

Elle écarte le téléphone pour me chuchoter dans les cheveux :

— Ton père va bientôt rentrer. Ne t'éloigne pas trop. Il faut qu'on parle.

« Il faut qu'on parle. »

Voilà quatre mots que l'on préférerait ne jamais entendre. J'aurais aimé lui demander un indice, mais elle replonge déjà dans son bureau.

— Eh bien, oui, répond-elle au journaliste. Pour tout vous dire, j'ai effectivement déjà ressenti la présence de fantômes.

Ce qui est sans doute vrai.

— J'en ai même vu.

Jacob agite une main devant le visage de ma mère.

Moins vrai.

Elle est plus ou moins au courant pour Jacob. On ne peut pas indéfiniment parler à son meilleur ami invisible sans devoir un jour s'expliquer sur l'identité de ce mystérieux interlocuteur.

Malgré tout, j'ignore si elle croit vraiment aux fantômes, ou si elle a seulement très envie d'y croire, car le monde en devient plus intéressant. Elle affirme avoir vécu son lot d'expériences paranormales, et que cette « sensibilité » au surnaturel serait courante dans notre famille. D'après elle, quand il s'agit de l'étrange et de l'inexplicable, il est important de garder l'esprit ouvert.

Ce qui est sûr, c'est qu'elle ne me prend pas de haut à propos de Jacob, au contraire de mon père. Elle ne l'appelle pas mon « ami imaginaire », ni ne me demande pour plaisanter comment il se sent aujourd'hui ou ce qu'il aimerait manger pour le dîner.

Quand mon camarade souhaite que je lui transmette une information, elle écoute.

Mon estomac gargouille de n'avoir rien avalé au déjeuner, alors je file dans la cuisine me préparer un BC + B + PC, pour beurre de cacahouètes, banane et pépites de chocolat. Le meilleur sandwich au monde, quoi qu'en dise Jacob. (À mon avis, il est juste jaloux de ne pas pouvoir en manger.)

Après en avoir englouti la moitié, je range le reste au réfrigérateur pour plus tard, puis je monte à l'étage.

Notre chat dort sur mon lit.

Contrairement à ce que pourrait laisser croire la photo sur la couverture du livre de mes parents, dans la vraie vie, Morty ne possède pas ce que ma mère appelle la « dignité féline élémentaire ». En ce moment, par exemple, il est couché sur le dos, les pattes en l'air, comme un chien qui fait le mort. Il ne prend même pas la peine de tressaillir quand je laisse tomber mon sac par terre. Je le gratte entre les oreilles, juste pour m'assurer qu'il est encore vivant, avant de me diriger vers mon ancien placard.

C'est mon père qui m'a aidée à le réaménager. On a passé un week-end entier à retirer toutes les étagères pour transformer cet espace plutôt exigu en une parfaite chambre noire. On y trouve à présent une table avec des bobines, une cuve de développement, un agrandisseur, du papier photo, des bassines pour les produits chimiques, et même un câble en acier avec de petites pinces afin d'y faire sécher les clichés. En un mot, la panoplie de tout bon photographe.

Jacob est déjà là, adossé au mur – il ne voit pas l'intérêt des portes et des escaliers.

— L'un des avantages d'être un fantôme : les raccourcis, me lance-t-il en haussant les épaules.

J'attrape mon appareil photo, rembobine la pellicule et ouvre le compartiment au dos d'une pression du pouce pour sortir la bobine.

Puis je ferme la porte, plongeant mon atelier – et nous avec – dans l'obscurité totale.

Enfin, elle serait totale si Jacob ne... brillait pas. La lueur qu'il émet n'est pas vive, elle se rapproche de celle d'un clair de lune. Et si elle n'impressionne pas le film, elle ne m'aide pas non plus à mieux y voir. Je dois donc effectuer mes différentes tâches à tâtons.

Après avoir ouvert la bobine et laissé tomber la pellicule dans ma paume, je l'enroule sur un petit cylindre métallique, que je plonge dans la cuve de développement, semblable à un thermos.

Lorsque j'appuie sur l'interrupteur, une faible lumière rouge emplit le placard et projette sur nous un étrange éclat, comme dans un film d'horreur. (Jacob en profite pour agiter les doigts et émettre des sons inquiétants.)

J'ajoute de l'eau pour rincer la pellicule, puis du révélateur, et j'agite la cuve. Pendant que je travaille, mon ami continue d'hésiter entre les numéros 57 et 62 de *Thor*. Une fois les négatifs révélés, je les mets à sécher. Ils ne seront pas prêts avant plusieurs heures.

Je m'empare d'un autre film qui m'attendait – s'y trouvent les clichés d'une excursion récente dans une maison abandonnée à quelques rues de chez moi.

Elle est vide depuis des années mais, comme Jacob et moi l'avons découvert, pas vraiment déserte. J'insère la bande dans l'agrandisseur (une sorte de projecteur conçu pour transférer les images). Il est temps de passer à l'impression.

Exposer du papier photo recèle un côté un peu magique, déjà présent dans le terme même d'« exposer » – révéler. J'ai l'impression d'être un savant fou quand je plonge le papier dans les bains de révélateur, de fixateur, puis de rinçage. Lorsque je le tapote avec les pinces, la première image commence enfin à apparaître.

Mon appareil a beau être spécial, il n'est pas aussi étrange que moi. Si je peux l'emporter derrière le Voile, il ne reproduit toutefois pas ce que j'y vois. Le plus souvent, les clichés ne sont que très ordinaires : une reproduction en noir et blanc de mon monde en couleurs.

Mais j'ai parfois de la chance.

De temps à autre, une ombre se distingue sur un mur, comme un corps nimbé de fumée, ou une porte qui ouvre sur un endroit qui n'existe plus.

Jacob se penche par-dessus mon épaule.

— Tu me souffles dessus, chuchoté-je.

— Non.

— Si.

Malgré son haleine froide, qui me fait l'effet d'un courant d'air dans cette pièce étouffante, je reporte mon attention sur les bacs.

Une à une, les photos deviennent plus nettes.

Un cliché de la maison abandonnée, vue de l'extérieur, les rayons du soleil filtrant à travers les planches de bois gauchi.

Un autre de l'intérieur, une vue frontale d'un couloir sombre.

Puis…

Le gros lot.

C'est une photo prise de l'autre côté du Voile – je le déduis au faible éclat gris qui en émane. Et là, en haut de l'escalier, la silhouette fantomatique d'une fillette en chemise de nuit.

Jacob pousse un léger sifflement.

Quiconque verrait cette image en déduirait qu'elle a été retouchée. De toute façon, même si on me croyait, je ne voudrais pas l'exposer à tous les regards. Je n'ai aucune envie d'être comme ces voyants à la télévision, qui montent sur scène et prétendent communiquer avec les morts. Et puis, ce n'est pas comme si les revenants me parlaient vraiment (à part Jacob).

— Je pourrais te servir d'interprète, propose-t-il.

— Non merci, marmonné-je.

Je jette un nouveau coup d'œil à mes négatifs d'aujourd'hui – laisseront-ils entrevoir le jeune fantôme avec sa cape et sa couronne ?

Courbaturée à force d'être penchée sur mon matériel, j'éteins la lumière rouge et je retourne dans ma chambre en clignant des yeux, éblouie par la soudaine luminosité.

Jacob se laisse tomber sur le lit à côté de Morty, sans aucun effet visible – ni rebond ni écrasement de la couette. Mon chat remue pourtant une oreille et, un instant plus tard, donne un coup de patte dans l'air près de mon ami. On n'a jamais réussi à déterminer si Morty le voyait vraiment ou s'il ne faisait que ressentir sa présence.

Les chats sont d'étranges créatures.

Je me décide ensuite à préparer mes affaires pour les vacances et tire ma valise de sous mon lit. Pendant que je trie mes vêtements d'été, Jacob fait mine d'essuyer une petite tache de boue sur l'ourlet de son T-shirt. Je m'imagine mal être obligée de porter les mêmes habits le restant de ma v… euh, de mon existence !

— Encore heureux que j'ai choisi Captain America ce jour-là, réplique-t-il en haussant les épaules.

« Ce jour-là. » Que s'est-il donc passé ? Je me demande s'il finira par me le raconter.

Ignorant mes interrogations, Jacob roule sur le ventre et se plonge dans la bande dessinée que j'ai laissée ouverte sur le lit.

Il passe plusieurs longues secondes à tenter de tourner la page par la pensée, jusqu'à ce que je le fasse pour lui.

— Un de ces jours… marmonne-t-il.

Soudain, j'entends la porte d'entrée s'ouvrir, puis se refermer. Quelques instants plus tard, la voix de mon père me parvient depuis le rez-de-chaussée :

— Réunion de famille !

CHAPITRE 5

« *Réunion de famille.* »

Cette expression, tout comme « il faut qu'on parle », n'augure souvent rien de bon. Pour ne pas dire jamais.

Sur la table est posée une pasta-pizza toute chaude : autre mauvais signe. La pasta-pizza – sauce marinara, boulettes de viande et fromage sur du pain à l'ail – est mon plat préféré. Or, mes parents n'en commandent chez *Dino* que pour les grandes occasions, ou en guise de consolation. Cette stratégie parentale m'a toujours déroutée – certains plats devraient être réservés aux bonnes nouvelles, et d'autres aux mauvaises, pour que l'on sache à quoi s'attendre.

Au moment où j'arrive, ma mère s'occupe des assiettes et mon père des couverts, tout en discutant de futilités.

— Au fait, j'ai donné l'interview dont je t'avais parlé pour la Cinq…

— Comment ça s'est passé ?

— Bien, bien… Tu as imprimé le contrat ?

Jacob saute sur le plan de travail et balance ses jambes contre les placards en silence. De mon côté, je me sers une grosse part de pizza. Il examine quelques instants cet incroyable mélange de fromage, de sauce et de boulettes de viande.

— C'est dégoûtant.

Tu veux dire merveilleux, le corrigé-je en portant la pizza à ma bouche.

J'enfourne une énorme bouchée, si bien que le fromage me brûle le palais. Ma mère claque des doigts – une réprimande muette parce que j'ai attaqué avant que tout le monde soit à table. Mon père, lui, passe un bras autour de mes épaules. Il sent le linge propre et les vieux livres.

Une fois que nous sommes tous assis, un nouveau signal d'alarme retentit dans ma tête : mes parents ne mangent pas. Ils ne font même pas semblant de grignoter. À contrecœur, je repose ma part de pizza avant de demander, d'un ton que j'espère désinvolte :

— Alors, quoi de neuf ?

— Oh, pas grand-chose… répond ma mère.

Elle retire un stylo violet de son chignon, puis le remet en place. Mon père lui lance un regard outré, comme pour lui reprocher de l'avoir laissé tomber.

— Cassidy… commence-t-il sans abréger mon prénom. On a une nouvelle à t'annoncer.

Oh, mon Dieu ! Je vais avoir un petit frère ou une petite sœur, pensé-je aussitôt.

Jacob fronce le nez de dégoût. Quant à moi, je suis si convaincue d'avoir deviné de quoi il s'agit que je suis totalement prise de court quand mon père déclare :

— Ta mère et moi allons avoir notre propre émission télévisée.

— Quoi ? m'étonné-je, le regard vide.

— Tu te rappelles la sortie du premier tome des *Inspectreurs* ? intervient ma mère. Il y avait eu pas mal de retombées médiatiques et certains lecteurs espéraient qu'on en ferait une série télé. Du coup, une société de production avait acheté les droits...

— Oui... sauf que, si mes souvenirs sont bons, vous m'aviez aussi affirmé qu'il n'en était pas question.

Ma mère s'agite sur sa chaise.

Mon père se frotte le cou.

— En fait, il y a eu du nouveau ces dernières semaines, avoue-t-il. Nous ne voulions pas t'en parler au cas où le projet tomberait à l'eau, mais...

Il lance un regard perdu à maman, qui prend donc le relais, avec un sourire éblouissant.

— Ça s'est concrétisé !

Mon esprit tourne à vide. Je n'ai aucune idée de ce que cette nouvelle peut bien signifier. Pour eux. Pour nous. Pour moi.

— D'accord...

Où est le piège ? C'est un grand événement, mais je ne vois pas pourquoi ils avaient aussi peur de m'en parler.

— C'est super ! ajouté-je. Qui va jouer votre rôle ?

— Personne, glousse mon père. Enfin, on va incarner notre propre rôle !

— Je ne comprends pas… avoué-je, perplexe.

— En fait, ce ne sera pas une vraie série, plutôt un genre de documentaire.

Incapable de dissimuler son enthousiasme, ma mère se lance dans des explications à toute allure :

— Ce sera exactement comme pour les livres. Ton père s'occupera des faits historiques et moi des légendes. Chaque épisode sera consacré à une ville différente, avec un ensemble de sites et de récits…

Prise de vertige, j'essaie de déterminer si ce que je ressens s'apparente à de l'excitation, de l'horreur, ou un mélange des deux. Une pensée m'obsède : les émissions habituelles sur les fantômes. Vous savez, ces programmes où les participants se tiennent dans des pièces plongées dans l'obscurité et chuchotent dans des micros, filmés par des caméras à vision nocturne. Est-ce à ça que le documentaire de mes parents va ressembler ?

— On ne t'obligera pas à apparaître à l'écran, poursuit ma mère. Sauf si tu en as vraiment envie. Mais tu nous accompagneras sur les tournages. On pourra toujours aller à la plage une autre fois…

— Quoi ? la coupé-je en secouant la tête, incrédule face à l'anéantissement de mes projets de vacances. Ça commence quand ?

— En fait, le programme a été un peu avancé, reconnaît mon père. Il faudrait qu'on arrive sur le lieu de la première émission dès la semaine prochaine.

Soit pile au moment où on était censés être à la mer.

— Hmm… C'est très bientôt, commenté-je en m'efforçant de ne pas laisser transparaître ma panique. Où est-ce qu'on va ?

— Un peu partout, répond ma mère avant de sortir un dossier intitulé *Les Inspectreurs.* « Les villes les plus hantées du monde », c'est le thème de l'émission.

Le monde est vaste, pensé-je.

— Moi, ce qui m'inquiète dans ce titre, c'est plutôt la première partie, lance soudain Jacob.

Curieusement, il est drôlement froussard pour un fantôme : il n'apprécie pas ce qui fait peur, ni les lieux hantés ou tout ce qui touche au Voile de près ou de loin.

Pendant longtemps, je n'ai pas compris pourquoi. Je me posais beaucoup de questions, mais je n'osais pas l'interroger. Et puis, un jour, il a dû en avoir assez de m'entendre y penser, car il a abordé lui-même le sujet.

« Il… il fait froid là-bas. Si tu sors dans la neige en ayant chaud, tu ne commences pas à trembler tout de suite, parce que tu as encore plein de chaleur corporelle en réserve. Sauf que moi, c'est comme si je venais juste de rentrer à l'intérieur. Alors, quand je retourne là-bas, dans le froid, j'ai l'impression que je ne me réchaufferai jamais. »

Si seulement je pouvais lui prendre la main…

Lui transmettre un peu de ma chaleur…

Mais tout ce que je peux faire, c'est lui promettre de ne pas le laisser dans le froid.

De ne jamais l'abandonner.

Où tu iras, j'irai.

—Alors, Cass ? demande mon père.

Avec la lumière qui se reflète sur le verre de ses lunettes, on croirait presque qu'il m'adresse un clin d'œil.

Moi qui me réjouissais de passer un été sans fantômes…

—Qu'est-ce que tu en penses ? s'enquiert ma mère.

Question pour le moins injuste. D'autant qu'en général, quand les parents la posent, c'est qu'on n'a pas vraiment le choix. Moi, ce que j'en pense, c'est que ce projet fou me fiche la frousse. Et que je préférerais aller à la plage.

Mais mes parents semblent si enthousiastes que je n'ose pas gâcher leur plaisir. En outre – je lance un regard en coin à Jacob –, cette aventure pourrait quand même s'avérer amusante.

Mon ami fantôme pousse un grognement.

Je survole la première page du dossier que ma mère vient d'ouvrir.

LES INSPECTREURS
ÉPISODE UN
LIEU DE TOURNAGE : Édimbourg, Écosse

Que sais-je de l'Écosse ? C'est un pays qui se trouve au nord de l'Angleterre, de l'autre côté de l'océan Atlantique. Certains habitants portent des kilts et… c'est à peu près tout.

Je poursuis ma lecture jusqu'au titre de l'épisode :

LA VILLE AUX MILLE FANTÔMES

— Voilà qui est rassurant ! raille Jacob.

Je frissonne, partagée entre nervosité et impatience.

Moi qui trouvais ma vie déjà étrange…

Apparemment, ça ne va pas s'arranger.

PARTIE 2

LA VILLE AUX MILLE FANTÔMES

CHAPITRE 6

— Cassidy ! Le taxi est arrivé !

Je fourre mes dernières affaires dans ma valise, puis m'assieds dessus pour la fermer. Moi qui étais censée faire mes bagages pour des vacances à la plage – maillots de bain, shorts, crème solaire, et un été sans fantômes –, j'emporte pulls et bottes à la place. D'après l'application météo de mon téléphone, l'été en Écosse se résume à un temps frais et pluvieux, avec risque de grêle.

Assis au bord de mon lit, Jacob porte sa tenue habituelle – jean et T-shirt. Les fantômes, eux, n'ont pas besoin d'imperméable.

— Tu as pris les bandes dessinées ?

— Elles sont dans mon sac à dos.

— Tu aurais de la place pour une de plus ? Parce qu'on n'a aucun album de *Justice League*…

— Non, on en a déjà assez comme ça, répliqué-je en vérifiant que j'ai bien mis des pellicules photo dans ma sacoche.

Mon père surgit soudain sur le seuil de ma chambre, une valise dans une main et la caisse du chat dans l'autre. Du fond de sa cage, Morty jette des regards noirs dans toutes les directions.

— À qui tu parles ? me demande papa.

— À Jacob.

Il regarde autour de lui de manière exagérée, juste pour me faire plaisir.

— Et « Jacob » est-il prêt ?

— Négatif, répond l'intéressé depuis le lit. Ce voyage me semble une très mauvaise idée.

— Bien sûr que oui ! affirmé-je avec enthousiasme. Il meurt d'envie de voir les maisons hantées, les grottes hantées, les châteaux hantés…

— Traîtresse ! lance mon ami en me fusillant du regard.

— Tant mieux, se réjouit mon père. Je ne peux pas sérieusement lui promettre de réels fantômes, mais l'Écosse possède sans aucun doute une grande richesse historique.

Morty crache en signe de protestation.

Après avoir enfin réussi à fermer ma valise, je la fais dégringoler dans l'escalier, puis je descends le perron jusqu'au taxi qui nous attend. Quand je me retourne, je ressens un petit pincement au cœur en voyant mon père verrouiller la porte d'entrée.

Ma mère, qui a déchiffré mon expression, tente de me rassurer :

— Pas de panique, Cass, la maison sera toujours là à notre retour. Ce n'est qu'un simple changement de décor, une nouvelle histoire, un nouveau chapitre à notre ouvrage. Nous avons un livre entier à écrire, tu sais ? ajoute-t-elle en me serrant dans ses bras. Et à ton avis, quelle est la meilleure manière de procéder ?

— Une page à la fois, dis-je machinalement.

C'est l'adage préféré de ma mère. Depuis mon plongeon dans la rivière, je m'efforce de m'y accrocher comme à une corde. Dès que l'inquiétude me gagne, que la peur m'envahit, je me rappelle que toute bonne histoire exige des rebondissements et qu'il n'y a pas d'héroïne sans aventure.

Une fois entassés dans le taxi – un couple, leur fille, un fantôme et un chat contrarié –, nous partons vers l'aéroport.

Mes parents passent la majeure partie du trajet à discuter du programme à venir. La société de production a engagé une équipe locale ainsi qu'un guide, et nous a accordé une semaine de tournage. Mon père tient un dossier récapitulant l'histoire de chaque site, et ma mère un carnet rempli de notes griffonnées qu'elle seule peut décoder. Plus je les entends parler logistique, plus je prends conscience que la préparation de cette émission a bien dû prendre des mois, même si elle vient seulement de se concrétiser.

Comme mon père se plaît à le répéter, rien n'arrive avant que ça commence, et dès lors, c'est déjà en train d'avoir lieu.

Le taxi s'arrête devant l'aéroport. Seulement, au moment de descendre, il n'y a plus dans la voiture qu'un couple, leur fille et un chat contrarié.

Jacob, lui, a disparu.

Parfois, il se volatilise. Je ne sais pas s'il boude ou prend juste un raccourci. La première fois, on parcourait la côte est à la recherche de phares hantés pour le dernier livre de mes parents. Il était avec nous quand, tout à coup, il s'est éclipsé. Paniquée, j'ai craint qu'il ne soit attaché d'une manière ou d'une autre à la rivière et ait atteint une limite invisible, à vingt ou trente kilomètres de notre ville.

Mais non. À notre arrivée au premier phare, il nous attendait, assis sur les marches.

« Quoi ? a-t-il lâché, sur la défensive. *Je suis malade en voiture. »*

Du Jacob tout craché.

Je me demande où il va réellement et ce qu'il fabrique sans moi. Est-ce que les fantômes aussi ont besoin de dormir ? Doit-il retourner derrière le Voile pour recharger ses batteries, ou est-ce qu'il fait juste sa tête de mule ?

Reste qu'après l'enregistrement des bagages, le contrôle de sécurité, puis l'embarquement, il n'est toujours pas réapparu. Depuis ma place, côté hublot, je regarde avec appréhension le sol s'éloigner pendant le décollage. Comme j'aimerais que mon ami se trouve à mes côtés !

— Mesdames et messieurs, merci de garder votre ceinture attachée...

Lorsque je rouvre les yeux et que je colle mon visage au hublot, le soleil vient de se lever. Difficile d'imaginer qu'un véritable océan s'étend sous nos pieds. Sur l'autre rive nous attend un autre pays, peuplé de secrets, de mystères et de fantômes.

Le plus étrange, c'est que tout là-haut, à plus de dix mille mètres d'altitude, à l'intérieur de cet oiseau de métal, je ne sens plus le Voile. Aucun « monde parallèle » ne me titille les sens, et je ne vois plus de tissu gris à la périphérie de mon champ de vision. J'ai l'impression qu'il me manque une partie de moi-même, que Peter Pan a perdu son ombre.

Il faut dire que l'absence de Jacob n'arrange rien.

Je m'efforce de ne pas m'inquiéter. Après tout, il finit toujours par réapparaître.

Quand l'avion émet un léger cliquetis au milieu d'une zone de turbulences, Morty me lance un regard furibond depuis sa caisse, calée sous le siège devant moi. Il reste silencieux, mais plisse ses yeux verts comme s'il me tenait personnellement responsable de son emprisonnement.

Papa s'est endormi, au contraire de maman, qui parcourt un ouvrage intitulé *Spectres et Esprits écossais*, à l'air pour le moins vieillot. Sur la couverture, un château éclairé par la pleine lune émerge au milieu de volutes de brouillard maladroitement retouchées pour représenter des fantômes. Je me mets malgré tout à lire par-dessus l'épaule de ma mère et me plonge dans un chapitre consacré à Édimbourg.

La ville, dont le nom se prononce en réalité « É-dine-bra » et non « É-daim-bour », est vieille de plus de neuf siècles. Sur une carte illustrée figurent des parcs, des ponts, des églises et même un château. L'ensemble paraît cependant plus petit que je ne l'avais imaginé. Il ne s'étend que sur quelques kilomètres, et est composé d'une vieille ville et de quartiers plus récents.

— Enfin, « récents », tout est relatif, m'explique ma mère après m'avoir surprise à lire. Cette partie d'Édimbourg a tout de même plus de deux cents ans. Mais c'est dans la vieille ville qu'on trouve les fantômes les plus intéressants !

— Et où va-t-on loger ?

Je devine la réponse avant même qu'elle ne pose le doigt sur la carte : en plein milieu de la vieille ville.

« Génial », commenterait à coup sûr Jacob.

Adossée à mon siège, je regarde à travers le hublot la lumière du jour éclaircir peu à peu le ciel et je repense à mon ami. Et si les fantômes étaient incapables de traverser de vastes étendues d'eau ? Tout au long de la descente, l'inquiétude me pèse sur la poitrine. Puis, au moment de l'atterrissage, la panique me prend.

Pas de Jacob sur la passerelle.

Ni dans le terminal.

Ni sur l'escalier mécanique ou au retrait des bagages.

Lorsque les sacs commencent à tomber sur le tapis roulant, la première chose que je remarque n'est pas ma valise à rayures rouge et jaune (oui, je suis une Gryffondor), mais le garçon assis dessus en tailleur. Il adore soigner son entrée.

Jacob saute à terre, plonge les mains dans ses poches et m'adresse un sourire en coin.

— Être un fantôme a quelques avantages !

Soulagée, j'hésite entre le serrer dans mes bras ou lui asséner un coup de poing dans l'épaule. Il a de la chance, je ne peux faire ni l'un ni l'autre.

Nous nous entassons dans un taxi noir. Aplati comme une crêpe au fond de sa caisse, Morty lance un regard mauvais à Jacob, qui lui répond par des grimaces. Pendant ce temps, ma mère indique au chauffeur l'adresse de notre logement.

Quelques minutes durant, nous parcourons des rues en apparence ordinaires, bordées d'épiceries, de banques et de salons de coiffure. Puis, sans prévenir, la route change, délaissant le bitume pour les pavés, comme si nous venions soudain de remonter dans le temps. La voiture avance avec un bruit de ferraille sur la chaussée inégale. Morty a pris un air fielleux, et Jacob semble malade.

Au bout d'un moment, le chauffeur lâche quelques mots. Cependant, son accent est si prononcé qu'il me faut quelques secondes pour comprendre qu'il ne chantonne pas mais s'adresse à nous. Mon père hoche distraitement la tête, faisant mine d'avoir saisi. Pour ma part, je parviens à disséquer les syllabes mélodiques du chauffeur.

« Qu'est-ce qui vous amène dans notre belle Écosse ? »

Ma mère a sans doute réussi elle aussi à déchiffrer la question, car elle se penche en avant pour lui répondre :

— Les fantômes.

Chez nous, ce seul mot aurait suffi à mettre un terme à la conversation, mais le conducteur ne semble même pas troublé.

— Ah ! lance-t-il d'un ton désinvolte. J'en ai vu un dans le Nord, un jour.

— C'est vrai ? se réjouit ma mère.

— Oh que oui ! réplique-t-il avec un signe de tête affirmatif. Ma femme et moi, on est allés passer une journée dans les Highlands. Après avoir pris l'air et vu tout ce qu'il y avait à voir, on a voulu aller boire un verre dans un château des environs.

Rien de bien étrange jusque-là, pensé-je.

— Les cuisines du château avaient été converties en taverne, tout en pierre et en verre, poursuit le chauffeur. Trois chaises basses étaient disposées autour de la cheminée. Deux étaient vides, et la troisième, occupée par un homme qui contemplait le feu. Un type plutôt élégant. J'ai pris nos boissons et suivi ma femme, qui avait repéré une table au fond de la salle. Comme l'espace était plutôt réduit et que je ne suis pas tout petit, j'ai heurté la chaise de l'homme et, ayant failli renverser ma bière sur lui, je me suis excusé. Mon épouse, qui s'était retournée, m'a demandé à qui je parlais. Croyez-le ou non…

Il marque un temps d'hésitation et aussitôt, l'atmosphère dans le taxi se tend comme un souffle trop longtemps retenu.

— Il n'y avait personne. Les trois chaises étaient vides, en fait.

Si mon père semble plongé dans ses pensées, comme s'il s'agissait d'une devinette, ma mère, en revanche, a les yeux aussi brillants que ceux d'un enfant devant un feu de camp. Jacob et moi échangeons un regard suspicieux. C'est une chose pour un fantôme de pousser un objet ou d'embuer le miroir d'une salle de bain. Mais apparaître ainsi dans notre monde, tel un être de chair et de sang ? Seul Jacob en est capable, et uniquement pour moi, en raison de notre lien. La probabilité que le chauffeur nous fasse marcher est élevée. À moins que ses yeux lui aient joué un tour…

Ce n'est pas pour rien que les humains croient voir des fantômes dans le noir, quand les ombres nous piègent.

Le chauffeur croise mon regard dans le rétroviseur.

— Tu ne me crois pas, petite ? me demande-t-il avec un sourire. Ce n'est pas grave. Tu verras, si tu restes assez longtemps en Écosse, tu auras bientôt tes propres histoires à raconter.

Il ne se doute pas que j'en ai déjà plein.

Le taxi tourne au coin d'une rue et on se retrouve soudain face au château figurant sur la carte de ma mère. Seulement, rien à voir avec la minuscule illustration. Non, c'est un véritable château qui se dresse devant nous. Perché sur une falaise, qui plus est. Je l'observe, les yeux écarquillés. Mon père pousse un petit sifflement admiratif. Ma mère, elle, affiche un sourire radieux. Même Jacob paraît impressionné, c'est dire... Le monument semble peint à même le ciel, comme dans un décor de carte postale.

— Magnifique, hein ? lance notre chauffeur.

D'après mes souvenirs, le château est situé dans la vieille ville. Logiquement, nous traversons donc un pont (aucune eau ne coule dessous, il y a juste une gare et un grand parc verdoyant) pour pénétrer dans les quartiers les plus anciens d'Édimbourg.

Le taxi quitte les voies animées et prend une rue en pente.

— Nous y voilà, annonce le conducteur en s'arrêtant devant un vieil édifice en pierre à la porte rouge vif. *L'Impasse*.

CHAPITRE 7

L'*Impasse* me rappelle cette scène dans *Harry Potter et l'Ordre du phénix*, où Harry arrive au siège de l'Ordre – en réalité, la maison de Sirius Black dissimulée par un sortilège. Lorsqu'un des sorciers frappe sur le mur de pierre, les bâtiments s'écartent pour révéler le quartier général.

De la même façon, *L'Impasse* – un édifice gris – semble avoir été glissée entre deux autres bâtisses grises. L'ensemble évoque une rangée de livres sur une étagère, avec ses façades de pierre collées les unes aux autres et ses toits surmontés de cheminées.

Quand nous sonnons à la porte rouge, une vieille femme vient nous ouvrir. Elle a les joues roses, la peau pâle, et un gros chat blanc se frotte à ses chevilles.

— Oh, bonjour ! Vous êtes sans doute la famille Blake. Je suis Mme Weathershire, la gérante de *L'Impasse.* Entrez donc !

De vieux portraits recouvrent les murs du vestibule – des visages avec le regard perdu dans le vide. Sur la droite, une porte cintrée donne sur un salon et, au bout du couloir, se dresse un escalier en bois, aussi raide qu'un arbre. Je profite que la vieille femme énumère les détails de notre séjour pour me diriger vers ce dernier.

—Je parie que ce lieu est hanté, lance Jacob en m'emboîtant le pas.

Si je l'écoutais, aucun lieu n'y échapperait. Pour *L'Impasse*, difficile à dire. C'est une vieille bâtisse, bien sûr, mais « vieille » ne signifie pas toujours…

La tuyauterie se fait soudain entendre dans les murs et des pas résonnent au-dessus de nos têtes.

Mon ami hausse les sourcils.

D'accord, peut-être…

Arrivée au pied de l'escalier, je lève les yeux et découvre une jeune fille qui m'observe depuis le palier.

Vêtue d'un impeccable chemisier blanc à col boutonné et d'une jupe plissée, elle a à peu près mon âge, la peau brun clair et des cheveux noirs attachés en une tresse soignée. Elle me dévisage sans ciller. Je lui rends son regard, car il émane d'elle une énergie étrange. Familière. Je n'arrive pas à me débarrasser de l'impression de l'avoir déjà vue. Pourtant, je sais bien que non.

—Cassidy !

Mon père m'appelle. Je détourne les yeux et je reviens sur mes pas en passant devant la caisse de Morty. Le chat blanc au poil soyeux de Mme Weathershire a glissé une patte curieuse entre les barreaux. Morty me lance un regard à mi-chemin entre la supplication et le désir de meurtre. Je m'empare donc de sa cage pour l'emporter dans le salon.

Haute de plafond et les murs couverts de livres, la pièce abrite une cheminée flanquée de deux canapés, ainsi que d'un fauteuil. La disposition me rappelle l'histoire du chauffeur de taxi, mais il n'y a aucun élégant fantôme en vue, seulement mes parents et notre hôtesse.

Après avoir posé la caisse de Morty, je me laisse tomber sur l'un des canapés, avant de pousser un cri perçant, car je ne cesse de m'enfoncer : le coussin se replie autour de moi tels des sables mouvants.

Ma mère me saisit la main pour m'extirper de ce piège au moment où Mme Weathershire dépose sur la table un plateau avec un service à thé. Mon estomac gargouille – peu importe la quantité de nourriture avalée à bord d'un avion, on ne se sent jamais rassasié.

— Une douceur ?

Notre logeuse me tend une assiette de cookies. Après tout, elle peut les appeler comme elle veut, tant que j'ai le droit de me servir…

Je m'apprête à attraper le plat quand des pas résonnent de nouveau à l'étage.

Cette fois, nous levons tous les yeux.

— Oh, ne vous en faites pas ! nous rassure la maîtresse de maison. C'est sans doute mon mari.

— Aurons-nous le plaisir de le rencontrer ? demande mon père.

Notre hôtesse part d'un petit rire.

— Je ne pense pas, M. Weathershire est mort depuis bientôt huit ans. Une tasse de thé ? ajoute-t-elle sans cesser de sourire.

Jacob me jette un regard lourd de sens. Pas besoin d'être télépathe pour savoir ce qu'il pense.

Bel et bien hanté.

Peut-être a-t-il raison, mais pas question de vérifier. J'ai une règle d'or sur le fait de traverser le Voile à l'endroit où je dors : je me l'interdis. Parfois, mieux vaut rester dans l'ignorance.

— Alors, qu'est-ce qui vous amène dans notre belle cité ? s'enquiert Mme Weathershire en servant le thé.

— Figurez-vous que nous tournons une émission sur les fantômes, répond ma mère.

— Oh ! s'exclame notre hôtesse, avant de saisir sa tasse. Eh bien, vous n'aurez pas à chercher très loin. Mon cher Reginald affectionnait les morts d'Édimbourg. C'était un peu une obsession, pour tout dire. Il a recueilli les histoires des habitants du coin pendant des années et les a consignées dans ces registres.

Elle désigne de la tête les étagères qui occupent l'un des murs du salon.

À l'évocation d'histoires, maman se redresse. Quant à papa, il se réjouit de la présence d'une trace écrite.

— C'est vrai ? s'exclame-t-il, déjà debout. Je peux ?

— Je vous en prie.

Une fois qu'il a rassemblé une pile de journaux, que ma mère a terminé son thé et que j'ai mangé assez de cookies pour m'en rendre malade, Mme Weathershire se lève.

— Bien, je vais vous conduire à votre pied-à-terre...

Apparemment, elle désigne par là notre appartement, même si la terre semble bien loin après avoir grimpé trois étages pour y parvenir. Au premier, je ne vois aucun signe de la fille aux cheveux noirs, ni de personne d'autre.

Ma mère m'explique que ce que notre hôtesse appelle une « pension » est en fait un petit hôtel composé d'appartements – enfin, de « pied-à-terre » – au lieu de chambres ordinaires, et que chaque étage en compte deux. Décidément, on ne parle pas la même langue... Question de génération, j'imagine. Quand nous arrivons enfin au troisième, Mme Weathershire s'arrête devant une porte ornée d'un « 3B » en cuivre et sort une clé à l'ancienne.

— Nous y voilà...

Le battant s'ouvre dans un grincement semblable à un bruitage de film d'horreur, mais l'intérieur s'avère propre et douillet. L'appartement comporte deux chambres et un salon avec une vieille cheminée, un canapé qui paraît moins susceptible de m'engloutir, ainsi qu'un secrétaire placé sous une grande fenêtre.

Restés sur le seuil, mes parents bavardent avec notre hôtesse.

— Si vous avez besoin de quoi que ce soit, je suis au premier étage… leur précise la vieille femme.

De mon côté, je libère Morty de sa prison. Pendant qu'il file sous le canapé, je m'approche de la fenêtre au-dessus du secrétaire. Quand j'essuie d'une main la vitre froide et embuée, je suis surprise de découvrir le château qui se dresse de l'autre côté, surplombant un paysage composé de toits pointus et de cheminées de pierre. Je me laisse de nouveau charmer par ce spectacle, plus digne d'un conte de fées que d'une histoire de fantômes.

— Jacob, il faut vraiment que tu voies ça, chuchoté-je.

Pas de réponse.

Lorsque je me retourne, il a disparu. Je regarde dans la salle de bain, où je trouve une baignoire sur pieds – avec ses monstrueuses serres en guise de pattes, elle ressemble à la moitié inférieure d'une gargouille évidée –, mais aucun fantôme.

— Jacob ? susurré-je en jetant un coup d'œil dans la première chambre.

Personne.

Arrivée dans la deuxième, je le surprends debout au pied du lit, le regard rivé sur un point derrière la porte.

— Jacob ?

Il ne bouge pas, ne cligne même pas des yeux.

Lorsque je me glisse derrière lui, je découvre l'objet de son intérêt : un miroir.

Une grande glace au cadre doré, appuyée contre le mur.

Au début, je me dis qu'il a dû repérer un détail étrange derrière lui, avant de me rendre compte que c'est son reflet qui a en fait attiré son attention. Suivant son regard, je me fige. Les poils de mes bras se hérissent.

Devant moi se trouvent deux Jacob, celui qui fixe le miroir et celui qui se reflète dedans, mais ils ne sont pas identiques. Et si le garçon à mes côtés est bien mon ami, son reflet, en revanche, m'apparaît grisé et émacié. Son T-shirt et son jean sont trempés, sans compter qu'une flaque d'eau s'étale à ses pieds. J'ai beau ne pas être facilement effrayée ces derniers temps, le voir dans cet état me glace le sang. Il a l'air mo… Je m'interdis de penser ce mot.

— Jacob ?

Il ne semble pas m'entendre. Et s'il a l'air concentré, il a aussi le regard vide. J'essaie de le secouer par les épaules mais, bien sûr, mes mains passent au travers. Finalement, je n'ai d'autre choix que de m'interposer entre mon ami et son reflet, pour lui boucher la vue.

— Jacob !

Il cligne des yeux et recule d'un pas traînant.

— Qu'est-ce qui s'est passé ? demandé-je.

— Je… je ne sais pas… répond-il lentement d'une voix atone.

Il frissonne, comme s'il avait froid, puis se détourne et sort de la chambre sans ajouter un mot. Je fais volte-face vers le miroir, m'attendant presque à voir l'autre Jacob.

Mais il n'y a que moi.

Je regagne ensuite le salon, où mon père branche son téléphone et ma mère défait les bagages. Mon ami, lui, est perché sur le canapé, le regard toujours aussi étrange et distant.

Ça va ? pensé-je en me laissant tomber à côté de lui.

Il hoche la tête d'un air distrait.

Dehors, le soleil disparaît derrière les nuages. La pièce s'assombrit tout à coup, comme lorsqu'on traverse le Voile – tout devient lugubre.

Ma mère regarde autour d'elle, les mains sur les hanches.

— Cet endroit est absolument charmant ! déclare-t-elle sans une once de sarcasme, avant de se tourner vers moi. Des signes de notre fantôme à demeure ?

Comme j'imagine qu'elle parle de M. Weathershire et non de Jacob, je secoue la tête.

— Sans doute un gros chat et une vieille tuyauterie, voilà tout, raille mon père.

Ma mère s'attache les cheveux en un chignon lâche, puis l'embrasse sur la joue.

— Tu n'es pas drôle.

— Ça tombe bien, tu l'es pour nous deux, réplique-t-il en nettoyant ses lunettes.

J'étouffe un bâillement, imitée, un instant plus tard, par mon père.

— Vous n'avez pas intérêt ! lance gaiement ma mère. Il faut rester éveillé. C'est la seule façon de surmonter le décalage horaire.

De mon côté, c'est la première fois que j'affronte ce petit coup de mou qu'on ressent quand on change de fuseau horaire…

Pelotonnée sur le canapé, j'entends papa appeler les producteurs pour les prévenir de notre arrivée. Comme l'équipe de tournage vient de Londres en avion, nous les rencontrerons demain, de même que notre guide local. Pour être plus tranquille, mon père s'en va discuter logistique dans la chambre (bien que je le soupçonne de vouloir en réalité faire une sieste). Je bâille de nouveau, les yeux fermés. Ma mère me saisit alors par l'épaule et me force à me lever.

— Allez, viens ! Une si belle journée s'annonce.

— On dirait qu'il pleut, rétorqué-je en regardant par la fenêtre.

Mais rien n'y fait, elle me lance mon imperméable.

— Ça tombe bien qu'on soit venus équipés, alors !

Quand je jette un coup d'œil vers le canapé, Jacob a de nouveau disparu. Et avant que je puisse partir à sa recherche, ma mère glisse son bras sous le mien et me tire vers la porte. Je parviens tout juste à me dégager le temps d'attraper mon appareil photo.

Lorsque nous sortons dans la grisaille, la rue est emplie d'une fine brume qui transforme les passants en ombres. Des mouettes volent en poussant des cris rauques. Quelque part au loin sonne la cloche d'une église.

Alors c'est ça, l'Écosse, pensé-je.

Jusqu'à quel point ce pays est-il donc hanté ?

CHAPITRE 8

— Torture ! Meurtre ! Chaos !

Un homme en haut-de-forme vêtu d'un costume en lambeaux fait de grands gestes.

— Découvrez les plus sombres secrets de la ville dans le donjon d'Édimbourg !

Le son de cornemuses résonne dans l'air. Une femme en robe foncée se tient appuyée sur un bâton surmonté d'une lanterne.

— Excursions hantées, tous les soirs au crépuscule ! clame-t-elle. Cherchez la lanterne !

— Venez visiter le Mary King's Close ! annonce un autre homme emmitouflé dans une vieille cape.

— Découvrez l'histoire des meurtres de Burke et Hare !

— Suivez à la trace les morts de la ville !

Avec ma mère, nous parcourons le Royal Mile, une grande artère animée qui relie le château au pied d'une immense colline, surnommée Arthur's Seat. Les deux se situent à chaque extrémité de la ville, tels des serre-livres.

Plongée dans l'agitation et le bruit, maman ne tient pas en place. Pour ma part, j'ai bien peur de perdre la tête car, malgré le tourbillon d'activités, j'entends les appels incessants de fantômes, tantôt faibles, tantôt proches, qui me viennent de tous côtés. À en croire ce lent et régulier tapotement, on dirait que la ville a un pouls.

Je ne lâche pas le bras de ma mère pendant qu'on se faufile au milieu de la foule. La plupart du temps, ce sont les parents qui surveillent leurs enfants pour les empêcher de s'égarer, mais dans ma famille, c'est moi qui dois toujours la tenir à l'œil. Car si mon père a plutôt un bon sens de l'orientation, ma mère, elle, préfère se perdre.

« Comment apporter un peu de nouveauté à notre existence, sinon ? » se plaît-elle à répéter.

Je profite qu'elle entre dans une boutique acheter des bouteilles d'eau pour photographier les artistes de rue et les passants depuis le trottoir. Une femme en blanc, debout sur un pilier, qui chante une plainte sinistre, sa voix oscillant entre les graves et les aigus. Un vieillard, un bouquet de roses en papier noir à la main, avec des mots écrits sur les pétales. Un homme en kilt, qui joue de la cornemuse, sa mélodie envoûtante évoquant le bruit du vent.

Tout n'est que mise en scène, bien sûr, destinée à emplir les rues d'une atmosphère inquiétante. Pourtant, au-delà du simple spectacle, je sens l'attraction spectrale du Voile. D'habitude, je dois aller à sa rencontre, mais en cet instant, au milieu du chaos du Royal Mile, c'est plutôt lui qui vient me chercher et pose une main sur mon épaule pour m'attirer. Devant mes yeux dansent des fils gris, mais je ne me penche pas vers eux. Non, je préfère resserrer la ceinture de mon imperméable et scruter la rue, ses boutiques et ses pubs, ses églises et ses épiceries…

Soudain, mes yeux se posent sur une rangée d'appareils photo dans une vitrine, et mon cœur s'emballe. C'est un magasin spécialisé dans la photographie. Sur la devanture est inscrit « BELLAMY » en lettres arrondies. J'essaie de retenir où il se situe, pour pouvoir y revenir quand ma pellicule sera finie.

Ma mère réapparaît chargée de plusieurs bouteilles d'eau, d'une barre chocolatée et d'une brochure touristique.

— Viens voir, Cass. J'ai trouvé quelque chose qui devrait te plaire.

Je me prépare à une attraction effrayante ou macabre, mais elle me conduit à *La Maison de l'Éléphant*, un café à la façade rouge vif ornée d'une banderole qui annonce fièrement :

« C'est ici que Harry Potter a vu le jour ! »

— C'est pas vrai ! m'exclamé-je en la suivant à l'intérieur.

Je reste bouche bée tout au long de notre visite du café.

Apparemment, c'est là, à *La Maison de l'Éléphant*, que J. K. Rowling – la fameuse J. K. Rowling – a créé Harry, Hermione et Ron.

Là que, assise à l'une des tables en bois, elle a imaginé Poudlard, Azkaban et le Chemin de Traverse.

Là encore qu'elle a inventé le Quidditch, le Tournoi des Trois Sorciers et les Reliques de la Mort.

Même les toilettes – minuscules, il faut bien le dire – racontent une histoire. Les murs y sont littéralement recouverts de messages de remerciements, dans tant de langues et d'écritures différentes qu'ils se confondent pour former une tapisserie qui s'apparente à une déclaration d'amour : un hommage permanent à une série de romans devenue légendaire.

Quand nous ressortons dans la rue, je suis rayonnante. C'est officiel : Édimbourg est devenue ma ville préférée.

Puis le ciel commence à s'assombrir et un vent menaçant s'engouffre dans mes cheveux.

— Je crois qu'il va pleuvoir, déclaré-je, secouée de frissons.

— C'est l'Écosse, réplique ma mère avec un haussement d'épaules avant de se replonger dans sa brochure. Il finit toujours par pleuvoir.

Je dois être encore sous l'emprise de la magie qui plane autour de *La Maison de l'Éléphant* car, quand elle me propose d'aller visiter l'église de Greyfriars, j'accepte sans me poser de questions.

— Elle abrite le cimetière le plus hanté d'Europe ! m'explique ma mère en chemin.

Son ton joyeux n'y change rien. D'un seul coup, la fantaisie du monde des sorciers disparaît, remplacée par la menace d'esprits et de spectres. En route vers le cimetière, j'entends presque Jacob murmurer dans ma tête un « youpi ! » sarcastique.

Le portail en fer, flanqué de deux colonnes de pierre, est surmonté de lettres métalliques arrondies.

« GREYFRIARS »

Derrière, j'aperçois des pelouses vertes, les vitraux d'une église, ainsi que quelques promeneurs. J'inspire un grand coup et sens le parfum de la terre humide mêlé à celui des vieilles pierres.

Cependant, à l'approche du portail, je m'arrête net.

Non que j'aie vu ou senti quoi que ce soit qui m'inquiète. Non, c'est une impression plus diffuse qui me trouble.

L'air s'épaissit peu à peu et dans ma tête, la pression monte. Le Voile ne m'apparaît plus comme une simple main posée sur mon épaule, il me semble désormais aussi lourd qu'un manteau humide et étouffant. Un tissu gris se gonfle devant mes yeux.

Tout à coup, ma mère pousse un petit cri aigu et me montre son avant-bras aux poils hérissés.

— Regarde ! lance-t-elle d'un ton joyeux. J'ai la chair de poule !

Pareil pour moi, même si j'ai mes propres raisons.

Le Royal Mile avait beau être hanté, l'aura y était tout autre.

En soi, l'espace derrière le Voile n'a rien d'effrayant, ni de mauvais. Il est juste différent. Mais ici, il règne une atmosphère sombre, lourde de menaces. Je m'apprête à demander à ma mère de rebrousser chemin lorsqu'elle glisse son bras sous le mien afin de me faire franchir le seuil et pénétrer dans l'enceinte du cimetière. Ici, pas besoin de traverser le Voile pour avoir l'impression d'être passée dans un autre monde.

Juste derrière le portail se trouve un groupe de touristes. Leur guide désigne une tombe recouverte de jouets pour chiens.

— L'un des plus célèbres occupants de Greyfriars est un terrier du nom de Bobby, explique-t-il avec un accent britannique distingué. Mais, au contraire de la plupart des résidents, il était bien vivant à son arrivée au cimetière…

Ma mère et moi nous attardons à l'arrière du groupe, pour écouter.

— On raconte qu'après la mort de son maître, Bobby est resté sur la tombe, non pas une nuit ou deux, mais quatorze ans. Quand lui-même a fini par s'éteindre…

Les touristes poussent des exclamations de tristesse.

— On l'a enterré juste derrière la grille, poursuit le guide, l'air sérieux. Bobby est sans doute le plus gentil des fantômes que vous croiserez ici. En effet, Greyfriars abrite sans distinction les ossements de victimes et d'assassins.

Il s'interrompt, laissant un silence pesant s'installer, puis tape dans ses mains.

— Bien, vous avez une heure pour vous promener dans les allées. Un petit conseil : évitez l'esprit frappeur sur la colline.

Les touristes se séparent en petits groupes et s'en vont par les sentiers.

— Voilà qui promet d'être intéressant ! me lance ma mère, réjouie à l'idée de côtoyer ce fameux esprit frappeur.

— Vas-y. Moi, je m'en tiens aux tombes normales.

— Comme tu veux. Ne t'éloigne pas trop.

Puis elle part en sautillant, avec l'enthousiasme d'une gamine à qui l'on a promis des friandises. Et dire qu'elle se précipite en fait vers des cadavres !

Je me retourne et observe le terrain accidenté : partout, des pierres tombales à perte de vue. Aussi hautes que des cercueils en position verticale, elles bordent les murs du cimetière et pointent hors du sol comme autant de dents. Certaines semblent récentes (du moins, pas très vieilles) quand d'autres ne sont guère plus que des débris de roche fendue, des dalles de béton à moitié englouties par l'herbe verte.

Ici, une tête de mort côtoie une sculpture d'ange. Au-dessus d'un ensemble d'ancres se dresse un faucheur en pierre. Plus loin, un nœud coulant, un chérubin et un bouquet de roses. Çà et là, de petits présents gisent au sommet des stèles ou dans l'entrelacs des mauvaises herbes – clochettes, colifichets et bouts de papier pliés.

« Ne t'éloigne pas trop », m'a demandé ma mère. Je n'en ai pas l'intention mais, à chaque pas, le Voile se fait plus pesant et m'enveloppe comme des vêtements trempés, un air glacial…

Soudain, ma poitrine se serre et ma vision se trouble. Quand je comprends ce qui se passe, il est déjà trop tard.

Je suis entraînée de l'autre côté.

CHAPITRE 9

Des freins crissent, l'eau glacée pénètre dans mes poumons... Puis je me retrouve de l'autre côté. Les touristes ont disparu. L'obscurité est tombée sur le cimetière désormais désert.

C'est la première fois que ça m'arrive.

Bien sûr, j'ai déjà visité des lieux où le Voile était puissant, mais jamais assez pour m'attraper et m'attirer de l'autre côté.

Lorsque je baisse les yeux, je vois une spirale de lumière bleutée briller dans ma poitrine. Une volute de brouillard encercle mes genoux. Mal à l'aise sans Jacob, je me retourne, déjà à la recherche d'une issue. Seulement, mes pieds semblent ancrés dans le sol humide.

Soudain, j'entends un bruissement d'herbe. Mon cœur s'emballe, mais ce n'est qu'un terrier qui trottine entre les pierres tombales – le Bobby de Greyfriars, le fameux chien qui s'est couché sur la tombe de son maître.

Je perçois d'autres mouvements, au sommet de la colline. Un homme fait les cent pas devant une crypte en fumant la pipe et en marmonnant dans sa barbe. Les ombres qui entourent sa silhouette obscurcissent un peu plus l'air.

L'esprit frappeur, pensé-je en me souvenant de l'enthousiasme de ma mère. Mais il ne s'éloigne pas de sa crypte. Je commence à me dire que l'endroit n'est pas si terrifiant quand j'entends un hurlement.

Je fais volte-face. Le Voile ondule autour de moi et de nouvelles formes se dessinent dans le brouillard. Un homme est tiré vers une estrade, où l'attend un nœud coulant. Au moment où je me détourne, je tombe sur un cortège qui franchit le portail.

Je ne devrais pas être là. Il faut que je parte, que je m'extirpe du Voile. Je suis presque arrivée à mes fins lorsque j'avise une femme qui m'observe.

La couleur de sa cape est la première chose que je remarque chez elle : un rouge si vif qu'il jure dans le tissu gris du Voile – on dirait une déchirure. Lorsque l'inconnue traverse le cimetière, des mèches de cheveux noirs s'enroulent tels des doigts autour de sa capuche. Sa peau – ce que j'en vois, du moins – est d'un blanc laiteux, et ses lèvres pourpres.

Je voudrais la prendre en photo, mais mes mains pendent mollement le long de mon corps.

Quelque part de l'autre côté du Voile, des cloches se mettent à sonner.

Quelque part de l'autre côté du Voile, une voix m'appelle, faible et lointaine. Mais je n'arrive pas à détacher mon regard de la femme en rouge.

Elle me fixe sans ciller. Moi, et non un point au loin, comme les autres fantômes. Ce constat me glace le sang. Ses yeux sombres parcourent mon corps pour finir par se poser sur la spirale lumineuse au creux de ma poitrine.

Une expression avide se lit soudain sur son visage.

— *Cassidy…* répète la voix à l'extérieur, qui s'estompe lorsque l'inconnue commence à fredonner.

Son timbre très bas, d'une douceur plaintive, emplit le cimetière et me pénètre, comme si quelqu'un avait pincé une corde sous mes côtes. Puis la mélodie se propage à travers mes os, mes muscles et ma tête.

Je suis prise de vertige. Mes poumons me brûlent, comme si j'étais restée trop longtemps sous l'eau et que je devais remonter à la surface pour respirer. La femme en rouge lève les bras et, malgré moi, j'avance dans sa direction. Je me faufile entre les pierres tombales vers ses doigts tendus et…

— Cassidy !

Jacob surgit tout à coup devant moi et me pousse brutalement hors du Voile. Je traverse un courant d'air glacé avant de tomber, les fesses dans l'herbe.

— Qu'est-ce qui te prend ? demandé-je.

— Je n'ai pas arrêté de t'appeler, mais tu ne répondais pas. Ce n'est vraiment pas une bonne idée de traverser le Voile sans moi, ajoute-t-il en secouant la tête.

— Je ne voulais pas. C'est lui, il m'a comme aspirée.

Sur le visage de mon ami, la confusion se mêle à l'inquiétude. Je regarde derrière lui mais, bien sûr, la femme en rouge a disparu avec le reste. Autour de nous, le cimetière bruisse du bavardage des touristes et du carillon de l'église, qui sonne l'heure.

Je me relève et j'enlève l'herbe sur mon jean.

— Où étais-tu passé ?

— Désolé, me répond Jacob, la tête baissée. Je… je crois que je me suis un peu perdu.

Je repense au miroir et à l'expression vide de mon ami lorsqu'il est sorti de la chambre. Il frissonne, comme pour chasser ce souvenir. Je m'efforce de ne plus y penser et change de sujet.

— Tu l'as vue ?

— Qui ça ?

Je regarde de nouveau vers l'endroit où elle se tenait.

— Une femme avec une cape rouge…

— Ah, te voilà ! crie ma mère en se dirigeant vers moi. Je t'ai cherchée partout. (Elle lève la tête vers les nuages noirs.) Tu avais raison : il va sans doute pleuvoir. Ça te va si on rentre ?

— Oh que oui !

À peine ai-je prononcé ces mots que les premières gouttes se mettent à tomber.

À notre retour à *L'Impasse*, Jacob est le seul à être encore sec. Nous avions pourtant un parapluie, qui pend à présent lamentablement au bout du bras de ma mère. Ce n'est plus qu'une épave méconnaissable, dont les fines baleines métalliques ont été brisées par la première grosse rafale de vent. Maman ne semble pas du tout perturbée par la mésaventure. Pour ma part, de l'eau me dégouline dans les yeux et clapote dans mes chaussures lorsque je grimpe le perron, mon appareil photo enveloppé dans ma veste.

Pendant que ma mère va parler à Mme Weathershire, Jacob et moi montons le large escalier en bois. Vite, une douche chaude et des vêtements secs ! L'image de la maison en bord de mer revient soudain me narguer.

— Comment était-elle ? me demande mon ami. La femme en rouge.

Je secoue la tête, histoire de rassembler mes souvenirs, mais les bribes qui me reviennent ne sont pas à la hauteur de ce que j'ai vu. Ni de ce que j'ai ressenti.

— Je ne sais plus trop. En tout cas, elle ne ressemblait à aucun autre fantôme. Elle paraissait trop brillante, trop réelle. Elle ne se fondait pas dans la masse et quand elle a regardé dans ma direction, elle m'a vraiment vue…

— À qui tu parles ?

La question a surgi de nulle part. Enfin, c'est ce que je crois, jusqu'à ce que je grimpe les dernières marches et découvre la jeune fille déjà aperçue à notre arrivée. Sagement assise sur la banquette sous la fenêtre du deuxième étage, elle a un livre ouvert sur les genoux et sa tresse noire ramenée sur une épaule.

— Alors ? insiste-t-elle. À qui parlais-tu ?

Elle s'exprime avec un fort accent, si distingué que je n'arrive pas à savoir si elle a un ou deux ans de plus que moi, ou si elle est simplement anglaise jusqu'au bout des ongles.

— À personne, répliqué-je en me retenant de jeter un coup d'œil à Jacob. Tu ne parles jamais toute seule ?

— Je n'en fais pas une habitude, me répond-elle, les lèvres pincées, avant de se replonger dans son livre.

— Viens, Cass, me chuchote mon ami.

Mais j'ai de nouveau cette impression de déjà-vu, similaire au tapotement du Voile. Seulement, cette fois, c'est comme si on me tirait par la manche avec insistance.

— Tu vas rester ici longtemps ? demandé-je à la jeune fille.

— Qui sait, répond-elle sans lever les yeux.

Décidément, elle n'est pas du genre bavard.

— Bon, il faut que je me change, ajouté-je en désignant mes vêtements. Je suis trempée.

— Ça, c'est sûr, on dirait une serpillière !

Je la dévisage, estomaquée. Le moins que l'on puisse dire, c'est qu'elle a un sacré franc-parler ! À mes côtés, Jacob se met à glousser. C'est fou, mais je jurerais que la fille a tourné les yeux vers lui. Juste une seconde. Si vite que j'ai failli ne pas le remarquer. Et que je ne peux pas le certifier. Pourtant, mon ami se calme aussitôt et vient se placer derrière moi.

— Alors, qu'est-ce qui t'amène en Écosse ? me demande-t-elle avant de refermer son livre et de me dévisager de la tête aux pieds.

— Les spectres.

— Comment ça ? me demande-t-elle, soudain suspicieuse.

— Mes parents tournent une émission sur les fantômes célèbres dans le monde entier. Édimbourg est notre première étape.

— Ah, je vois, commente-t-elle, le visage soudain plus détendu.

— Ouais, il paraît que l'Écosse est super hantée.

— C'est ce qu'on raconte.

La jeune fille se lève, et c'est là que je remarque son collier : un petit pendentif suspendu à une longue chaîne en argent. Lorsqu'elle se redresse, le bijou pivote, si bien que je me rends compte qu'il s'agit en fait d'un miroir de forme ronde. Sa vue m'interpelle, mais je n'ai pas le temps de me demander pourquoi que mon interlocutrice le glisse déjà sous son col.

— Moi, c'est Cassidy. Cassidy Blake, déclaré-je.

L'adolescente m'observe quelques secondes avant de répondre :

— Lara Jayne Chowdhury.

Au moment où elle passe devant moi pour descendre l'escalier, son épaule heurte brièvement la mienne et la jeune fille marmonne quelques excuses. C'est fou, mais en la regardant s'éloigner, j'éprouve une sensation presque physique, comme si une corde se déroulait entre nous. D'ailleurs, peut-être ressent-elle la même chose, car elle se retourne et me dévisage, pensive.

— Tu crois aux fantômes, Cassidy ?

J'ignore comment répondre à cette question.

Je veux dire, n'importe qui répondrait « non ». Mais avec Jacob qui se tient à côté de moi, les bras croisés, c'est un peu difficile. Au bout du compte, je pense que mon silence parle pour moi, car Lara esquisse une sorte de sourire.

— Je prends ça pour un oui.

Je m'apprête à lui demander si elle y croit aussi, mais elle disparaît dans l'escalier.

Mon ami attend qu'elle soit partie pour me lancer :

— J'ai un mauvais pressentiment à propos de cette fille.

— Tu n'es pas le seul…

CHAPITRE 10

Le soir, assis par terre autour d'une table basse, mes parents et moi mangeons un *fish and chips* acheté dans un commerce du coin. L'idée de manger du poisson avec des chips me laisse sceptique mais, entre l'aéroport et *L'Impasse*, on est passés devant au moins six restaurants différents qui affichaient ce menu. Il doit donc bien y avoir une raison.

J'ouvre la boîte et j'en observe le contenu : un énorme morceau de poisson frit repose sur une mer de frites surdimensionnées.

Je lève les yeux, perplexe.

— Ce ne sont pas des chips.

— Bien sûr que si, réplique ma mère avec un sourire narquois.

— Tu vois bien que non, insisté-je. Ce sont des frites. Les chips, ça se vend en sachet.

— Pas ici, m'explique-t-elle.

Je regarde autour de moi et soulève la pile de serviettes.

— Et le ketchup, on l'appelle comment ?

Ma mère m'informe qu'en fait, il n'y a pas de ketchup, car le plat est recouvert de sel et de vinaigre. Le parfum qui emplit la pièce est un étrange mélange de friture (bon point) et de vinaigre (condiment qui, j'en suis presque sûre, ne va pas avec les frites, ni avec aucun type de nourriture).

Je suis au bord de la rébellion quand ma mère prend une chips/frite et me la met sous le nez.

— Allez, Cass, goûte ! Si tu n'aimes pas, on commandera une pizza.

Avec la chance que j'ai, « pizza » est le terme britannique pour « calamar ». Je fais la moue.

— Quelle poule mouillée ! se moque Jacob, assis sur le canapé.

On voit bien que lui n'est pas obligé d'y goûter.

Je finis par accepter la « chips » que me tend ma mère et mords dedans avec la plus grande prudence.

Ma bouche se remplit du goût de la pomme de terre, chaude et salée. Par contraste, la morsure du vinaigre est surprenante mais rafraîchissante. Je n'ai jamais rien goûté de tel.

Un vrai délice !

Le poisson est tout aussi savoureux.

— Ça alors…

— Tu vois ? se réjouit ma mère.

— C'est super bon !

Enfin, la bouche pleine, ma phrase devient plutôt un truc du genre : « Èuwèon. »

— Il faut aussi que tu goûtes le haggis avant la fin du voyage, ajoute ma mère.

Je ne sais pas ce que c'est, mais sa simple mention arrache une grimace à mon père. J'évite donc de poser la question et classe le « haggis » dans la rubrique : « Choses qu'il vaut mieux ne pas connaître. »

Il s'avère que les frites sont délicieuses tant qu'elles restent chaudes. Dès qu'elles refroidissent, elles se transforment en un amas mou et salé, comme sur le plateau de papa.

Il n'a rien mangé, trop occupé à étudier les registres de M. Weathershire. Le vieil homme y a retranscrit tous les récits recueillis auprès de ses voisins, amis et connaissances rencontrées au pub du coin.

— C'est fascinant… murmure mon père. Ils ne font aucune différence entre histoire et mythe. On voit clairement les fondements païens et…

— John, ton dîner, le coupe ma mère d'un ton patient.

Après une réponse évasive, il extirpe une frite froide du tas qui l'attend et l'avale. Une scène tout à fait banale dans notre famille : papa qui pianote sur son ordinateur portable pendant que les restes de son repas refroidissent devant lui. Avec maman, on a l'habitude.

Les yeux plissés, Jacob dirige toute son attention sur une frite ramollie en équilibre sur le bord de la boîte de mon père. S'il était humain, une telle concentration l'aurait sans doute fait saigner du nez. Au lieu de quoi son corps entier ondoie sous l'effort fourni pour toucher réellement la frite. Un instant plus tard, elle bascule et tombe sur la table.

Mon ami lève les bras en l'air, en signe de victoire.

— Admire cette prouesse télékinétique ! s'exclame-t-il, même si la frite avait sans doute déjà perdu son combat contre la pesanteur.

Mon père, lui, se contente de marmonner en tournant la page d'un registre usé.

— Quelque chose d'intéressant ? lui demandé-je.

— Il y a de tout. Certains récits sont de pures divagations. D'autres, en revanche, paraissent beaucoup plus sensés. Mais tous évoquent ces mythes et légendes comme s'il s'agissait de faits avérés.

— Les histoires recèlent une puissance insoupçonnée. À condition d'y croire, bien sûr ! déclare ma mère avec un sourire triomphant.

Mon père hoche la tête d'un air distrait.

— Comme ici, poursuit-il en tapotant la page. Dans cette série de récits sur Burke et Hare.

Ces deux noms me semblent familiers. Puis je me rappelle avoir entendu l'un des artistes de rue les mentionner sur le Royal Mile.

— Qui est-ce ? demandé-je, intriguée.

— Au début du XIXe siècle, les étudiants en médecine s'entraînaient à la chirurgie sur des cadavres, nous explique papa. Un jour, en raison d'une pénurie, des pilleurs de tombes ont commencé à déterrer les morts récents pour les livrer aux hôpitaux. Mais William Burke et William Hare ont trouvé plus simple, plutôt que de déterrer des cadavres, de produire les leurs.

Jacob frissonne auprès de moi.

De mon côté, je retiens mon souffle.

— Ils ont tué seize personnes avant d'être arrêtés et jugés. Hare a fini par être libéré en témoignant contre Burke, qui, lui, a été pendu puis disséqué dans un amphithéâtre, exactement comme ses victimes.

Mon ami et moi échangeons un regard horrifié.

— D'après le narrateur, poursuit mon père après avoir tourné la page, les ossements de William Burke se trouvent toujours à la faculté de médecine. Son fantôme hanterait les couloirs en apportant avec lui le parfum de la mort et de la terre humide.

Pendant un moment, nous gardons tous le silence.

Dehors, le vent se lève, émettant un sifflement lourd de menaces à travers le vieux châssis de la fenêtre.

Mon père feuillette le registre du pouce.

— Ce journal recense des dizaines de récits. Certains sont basés sur des faits historiques, comme celui de Burke et Hare, quand d'autres s'apparentent à de vulgaires légendes urbaines. Des victimes de la peste enterrées dans des murs. Des musiciens sans tête. Des tavernes hantées. L'esprit de Mackenzie. La Corneille écarlate…

Au souvenir de la femme à la cape pourpre derrière le Voile, je me redresse, le cœur battant.

— De quoi parle cette légende ?

— Laquelle ?

— Celle de la Corneille écarlate.

— Hmm… fait mon père en revenant quelques pages en arrière. Ce personnage apparaît dans plusieurs histoires de disparitions d'enfants. C'est sûrement une variante du mythe de la « mère en deuil », cette femme en noir qui vole les enfants des autres. Mais aucun des registres de M. Weathershire n'évoque l'histoire originale. Ah, les caveaux des pestiférés ! Ça, c'est un chapitre fascinant…

Pour ma part, je reste bloquée sur les « disparitions d'enfants ».

Je sens que Jacob me fixe pendant que je me remémore le Voile, la femme aux cheveux et aux yeux noirs, sa chanson hypnotique. Aussi étrange que ça puisse paraître, l'inconnue ne m'a pas effrayée quand elle m'est apparue. Au contraire, elle m'a semblé un rayon de soleil par une journée grise. Et lorsqu'elle s'est mise à chanter, j'ai ressenti une irrépressible envie de la suivre. C'est même devenu une obsession.

Mais maintenant qu'elle a disparu, la peur me rattrape.

Ma mère tape dans ses mains et se lève.

— Je pense qu'on a eu notre quota d'histoires de fantômes pour la soirée.

Après avoir débarrassé les restes du repas, on se prépare à aller se coucher. Jacob profite de ce que mon père éteint les lumières du salon pour s'éclipser, comme chaque soir.

Une nuit, après avoir trouvé mon ami perché au bord de mon lit à m'observer, je lui ai dit que ça ne se faisait pas. Depuis, j'ignore où il va – s'il s'éteint simplement, telle une lumière, ou erre dans les rues. Je sais seulement qu'il n'est plus là.

Je n'arrête pas de bâiller et, une fois dans mon lit, je me sens dériver vers ce lieu obscur qui précède le sommeil. La fenêtre entrouverte de ma chambre laisse passer une brise fraîche, accompagnée de faibles sons. Quelque part, tout près, un bébé pleure, une vieille femme rit, un couple se dispute.

C'est du moins ce que je crois au début, mais je me rends bientôt compte que ce ne sont que des mouettes qui communiquent dans l'obscurité. Elles crient, trillent et bavardent. Mais plus je les écoute, plus j'ai l'impression d'entendre la voix d'une femme portée par le vent. Les variations de sa mélodie me plongent rapidement dans le sommeil.

CHAPITRE 11

Le lendemain matin, l'équipe de tournage se présente de bonne heure. Deux hommes et une femme, tous trois en col roulé noir, débarquent dans notre appartement en fanfare, chargés de matériel. Ils débattent du planning, prennent des photos d'ambiance et inondent notre paisible salon d'un tourbillon de discussions techniques.

Excité par toute cette animation, Jacob joue à son jeu préféré, qui consiste à suivre les membres de l'équipe en agitant les mains devant leur visage et à bavarder avec eux comme s'il participait à la conversation.

Assise sur le canapé à l'écart, j'essuie quelques traces laissées par les gouttes de pluie sur l'objectif de mon appareil. Quant à Morty, il se prélasse sous la fenêtre. Je le prends en photo en plein bâillement, qui le métamorphose l'espace d'un instant en un lionceau noir.

— Bel appareil, et de collection, fait remarquer la femme de l'équipe.

Elle-même a un appareil photo à son cou. Au contraire du mien, il est énorme, high-tech et plein d'options. Soudain, elle remarque Morty.

— Oh, génial ! C'est le chat de la couverture ? demande-t-elle avant de s'agenouiller pour réaliser un gros plan.

Jacob bondit à côté de Morty et prend la pose, avec un clin d'œil à mon adresse. J'éclate de rire. Nous savons tous les deux qu'il n'apparaîtra pas sur cet appareil numérique sophistiqué – le cliché est déjà visible sur l'écran –, mais avoir conscience que certaines images ne révèlent pas tout est amusant.

Je baisse les yeux sur mon propre appareil. Je n'ai aucun moyen de connaître le rendu avant de développer la pellicule. Son contenu reste donc un mystère attendant d'être dévoilé.

Lorsque mes parents réapparaissent, ils donnent l'impression de sortir tout droit de la couverture d'un de leurs livres : mon père porte sa veste en tweed et ma mère arbore son chignon désordonné tenu par des stylos. Pour ma part, je n'ai aucun rôle à jouer. Les producteurs espéraient ma présence, censée ajouter un « élément familial divertissant », mais mes parents se sont montrés protecteurs, ce qui me convient parfaitement – j'ai toujours préféré être derrière plutôt que devant l'objectif. Emmitouflée dans un sweat-shirt trop grand et un legging, je me contente de regarder l'un des deux techniciens accrocher un minuscule micro sur la doublure de la veste de mon père. La femme en fait de même avec ma mère, qui sort d'une pile de dossiers une feuille de papier où sont indiqués les lieux de tournage de la journée :

1. CAVEAUX D'ÉDIMBOURG
2. MARY KING'S CLOSE
3. AUBERGE DU CERF BLANC

— Tiens, Cassidy, lance mon père en me remettant un portable, ce qui me ragaillardit aussitôt. C'est pour toi. Par contre, le forfait n'est pas donné. Donc c'est juste pour les appels, les textos et les urgences. Pas pour jouer à *Candy Crush*.

Je lève les yeux au ciel.

Une sonnerie joyeuse provenant d'un autre téléphone retentit soudain. L'un des hommes de l'équipe nous annonce que Findley est en bas.

C'est notre guide officiel.

Mes parents et moi descendons au rez-de-chaussée (accompagnés de l'équipe et de Jacob, bien sûr). Le fameux Findley nous attend dans le salon. Trapu, il arbore une barbe taillée et une tonsure au milieu de ses boucles rousses, qui donne l'impression d'une couronne. Il me fait un peu penser à Hagrid.

Mme Weathershire lui donne une tasse de thé, si petite dans sa grosse main que notre hôtesse semble lui verser l'eau chaude directement dans le poing.

Le visage de notre guide se fend d'un sourire chaleureux dès qu'il nous voit.

— Findley Stewart, se présente-t-il, les yeux pétillants. Il paraît que vous cherchez à vous faire peur ? Eh bien, vous êtes au bon endroit.

Sa voix tonitruante me fait penser à celles des conteurs que ma mère et moi avons croisés sur le Royal Mile.

Findley avale son thé en une seule gorgée, puis repose sa tasse.

— On y va ?

Sur ces mots, nous le suivons à l'extérieur.

— Il ne faudrait pas rater une minute de beau temps. Par ici, on profite du soleil dès qu'il pointe le bout de son nez, nous explique-t-il. Qui sait combien de temps cela va durer !

Lui et ma mère semblent s'accorder sur la définition de « beau temps » : le sol est humide et on aperçoit des fragments de ciel bleu, vite engloutis par les nuages gris.

Pile au moment où mon père lève la tête, une goutte de pluie tombe sur ses lunettes. Findley lui assène une tape dans le dos en riant avant de se mettre en route.

Pendant que nous traversons la vieille ville, notre guide nous parle épidémies de peste et meurtres, pilleurs de tombes et cadavres emmurés, sur un ton aussi léger que s'il nous proposait de prendre le thé ou de faire une sieste au soleil.

Papa a sorti son carnet pour y griffonner quelques mots, tiraillé entre son désir de prendre des notes et sa crainte de trébucher sur les pavés. De son côté, maman est absorbée par les récits de Findley. Elle resplendit auprès de lui, comme un tournesol tourné vers le soleil. Je sais d'expérience que mon père s'occupera de la partie historique et laissera à ma mère le soin de dépeindre les scènes et de captiver le spectateur. Elle est douée dans ce domaine. Quand j'étais petite, elle me racontait des histoires si vivantes que j'en rêvais la nuit (ou si effrayantes que je n'arrivais pas à dormir).

Par un heureux hasard, Findley s'avère avoir été l'ami de M. Weathershire. Il l'accompagnait dans sa tournée des pubs de la ville et l'aidait à recueillir les récits qui remplissent les registres du défunt. Notre guide semble en savoir vraiment long sur les mythes et légendes d'Édimbourg.

Soudain, une idée me vient.

— Dites, Findley… vous connaissez l'histoire de la Corneille écarlate ?

— Pour sûr ! Même si ça fait un bout de temps que je ne l'ai pas entendue…

À ces mots, mon cœur s'emballe.

— C'est l'une de ces légendes qu'on raconte aux petits, pour les dissuader de se relever la nuit. Voyons voir… (Notre guide réfléchit en se grattant la tête.) Dans les récits populaires, il existe plusieurs versions. Certains parlent d'elle comme d'une femme ayant perdu un enfant, d'autres, d'une qui ne pouvait pas en avoir. Certains disent qu'elle était veuve, d'autres, qu'il s'agissait d'une sorcière. Je vais te raconter la version que je connais le mieux. Il était une fois une femme, une beauté à la peau pâle et aux cheveux noirs, et un petit garçon qui adorait vagabonder. Au cours d'un hiver rude, une tempête de neige avait recouvert la ville d'un manteau blanc. Le garçon sortit pour jouer et ne revint pas. La femme parcourut les rues, vêtue de sa cape rouge afin qu'il la repère facilement. Elle l'appela, cria son nom et chanta pour lui, en vain. Elle le chercha toute la nuit, puis toute la journée du lendemain. Elle aurait dû mourir de froid, et peut-être est-ce ce qui arriva. Quoi qu'il en soit, quelque chose se brisa en elle. Elle se mit dès lors à convoiter les enfants des autres, à les appeler eux aussi, à crier leur nom et chanter pour eux, jusqu'à ce qu'ils viennent à elle, attirés par sa voix et sa cape écarlate.

Je jette un coup d'œil à Jacob, qui semble soucieux.

— Durant tout l'hiver, la femme en rouge enleva des enfants, continue Findley. Par la ruse, elle les arracha de leur lit bien chaud, des bras de leurs parents, de leur foyer. On retrouvait les corps devant sa porte, gelés sur pied.

Je frissonne à cette pensée. Repense au froid qui envahit mes poumons, grimpe le long de ma peau et m'emprisonne dans la glace.

— Pourquoi la surnomme-t-on la Corneille ?

La question est de Jacob, mais je la répète à notre guide.

— Qui sait ? répond-il. Ce surnom vient peut-être des oiseaux qui se perchent sur sa tombe, ou bien de la couleur de sa chevelure. Ou encore de la rumeur qui dit que quand elle attrape une proie, sa main se transforme en serre, sa voix devient un croassement rauque et ses cheveux noirs se métamorphosent en ailes pour qu'elle puisse emporter sa victime dans les airs. Chaque hiver, elle hante la ville, enlève des enfants et se nourrit de leur chaleur.

— Comme le joueur de flûte ? demande ma mère.

— Oui et non. Le joueur de flûte est un personnage de conte, et notre Corneille un fantôme. Elle a été pendue pour ses crimes et enterrée dans le cimetière de Greyfriars. Les mères viennent déposer des babioles et des clochettes sur sa tombe, comme pour une sainte patronne, à ceci près que les prières ont pour but de l'inciter à garder ses distances. Mais inutile de s'inquiéter en cette saison, ajoute Findley avec un grand sourire. On ne la croise que l'hiver.

Alors, pourquoi l'ai-je vue dans le cimetière ? ne puis-je m'empêcher de me demander. *Pourquoi semblait-elle en avoir après moi ?*

— Croyez-vous aux fantômes, monsieur ? s'enquiert mon père en remontant ses lunettes sur son nez.

L'intéressé se caresse la barbe avant de répondre :

— Ce en quoi je crois, c'est l'histoire.

Le visage de mon père s'illumine. *Bonne réponse*, pensé-je.

— Édimbourg est un lieu riche en événements, pas toujours très joyeux, poursuit notre guide. Ce dont la ville a été témoin, eh bien, ça laisse forcément des traces. Maintenant, je ne peux pas vous dire si elles prennent la forme de simples pierres tombales ou de fantômes. En tout cas, vous seriez bien en peine de trouver un habitant de cette ville n'ayant jamais senti un esprit ou eu une vision qui l'ait fait douter.

Nous nous engageons dans une large artère appelée South Bridge : la première étape de notre planning de tournage.

En passant devant des cafés, des librairies et une dizaine d'autres boutiques ordinaires, je commence à me détendre. Je sens le Voile, même s'il ne se manifeste pas aussi fortement que d'habitude. Il exerce sur moi une attraction plus légère, se contentant d'effleurer la semelle de mes chaussures, comme s'il flottait au-dessus des pavés.

Après avoir contrôlé leur matériel, les membres de l'équipe se mettent à filmer mes parents, qui présentent les lieux.

— South Bridge ressemble peut-être à une rue ordinaire, commence ma mère, mais les caveaux creusés en dessous abritent de nombreux fantômes.

Oh, franchement ! pensé-je en baissant les yeux.

— Ah ça, non, réplique Jacob.

— Il y a là dix-neuf caveaux, pour être précis, ajoute mon père. Et il s'agissait bien d'un pont, avant que la cité ne s'érige tout autour.

— Selon la croyance populaire, South Bridge a été maudit dès sa construction. Une fois l'édifice achevé, l'honneur de le traverser en premier devait revenir à l'épouse d'un juge, mais elle mourut quelques jours avant la cérémonie… (Ma mère s'arrête devant une porte.) Tiraillés entre leurs superstitions et leur volonté première, les dirigeants d'Édimbourg ont finalement décidé d'inaugurer le pont en y envoyant le cercueil de la malheureuse.

— Coupez ! lance un des techniciens. C'est parfait.

— Notre autorisation de tourner dans les caveaux n'est valable que pour demain, précise un autre. Il faudra donc attendre pour descendre.

Jacob et moi poussons un soupir de soulagement.

On bifurque ensuite au coin d'un bâtiment pour déboucher sur le Royal Mile, avec ses artistes de rue et ses guides touristiques en tenue d'époque.

Ensuite, l'équipe filme quelques « plans de coupe » – selon les dires de Findley – où l'on voit mes parents traverser la foule, encadrés par les vieux immeubles imposants. Enfin, notre guide nous conduit à une petite boutique, dont l'enseigne indique : « LE VRAI MARY KING'S CLOSE ».

— C'est quoi un « close » ? demandé-je.

— C'est un ensemble de ruelles et d'allées qui étaient habitées et où on travaillait autrefois, m'explique mon père. Mais avec l'extension urbaine, de nouvelles rues ont recouvert les anciennes, qui ont fini enterrées. Ces passages souterrains ont été oubliés pendant des siècles, avant d'être exhumés.

— Voilà qui semble prometteur, raille Jacob d'un ton pince-sans-rire.

À notre arrivée, je découvre avec surprise que l'échoppe n'est autre qu'une boutique de souvenirs.

On y trouve des bibelots et des brochures sur des présentoirs métalliques, des agrandissements de photos aux murs et un comptoir où acheter des billets d'entrée. Rien de ce qui est proposé ne me paraît bien effrayant.

— Ah, l'équipe de télévision ! lance une femme derrière le comptoir.

— Nous vous attendions, ajoute son collègue d'un ton joyeux.

L'employée contourne la caisse, puis nous fait signe d'approcher d'une deuxième porte.

— Nous n'avons qu'une heure à vous accorder, annonce-t-elle en ouvrant le battant.

Un courant d'air froid se fait sentir dès l'ouverture et un mauvais pressentiment se met à enfler dans ma poitrine.

Ma mère me jette un coup d'œil.

— Tu n'es pas obligée de descendre avec nous si tu n'en as pas envie, ma chérie.

— Tu as entendu ? intervient Jacob. On pourrait rester ici, peinards, dans cet endroit à peu près normal et pas trop hanté.

Mais revoilà le signal, accompagné de ce besoin pressant de me retourner pour tirer le rideau.

— Non, je vous accompagne, répliqué-je en me redressant.

Jacob pousse un grognement, mais Findley m'adresse un grand sourire.

— Je n'en attendais pas moins de toi !

L'équipe nous remet à chacun une lampe de poche. Armés de cette faible lumière, nous descendons dans les ténèbres.

CHAPITRE 12

Plus nous descendons, plus la température baisse. Elle chute davantage à chaque marche. Enfin, si on peut appeler ça des marches, car l'entrée du Mary King's Close tient plus d'une pente glissante que d'un véritable escalier. Une rampe éclairée par de faibles ampoules jaunes au mur.

Au-dessus de nos têtes, des draps pendent à des cordes à linge. Qu'on soit en sous-sol paraît difficile à croire, même avec l'air humide et les relents de terre mouillée mêlés à l'odeur de vieille pierre.

Peu après, le sol s'aplanit et nous arrivons au bas de la pente.

— Ce n'était pas si terrible, commenté-je.

— Qu'elle est drôle ! Ça, petite, ce n'était que l'entrée ! réplique Findley, hilare, avant de me prendre par l'épaule pour me tourner vers la droite. Le Close, c'est ça.

Ah oui, quand même...

Devant moi s'étend un dédale de ruelles et de portiques, d'arches en pierre et de recoins où la lumière ne pénètre jamais. De l'eau goutte quelque part et des ombres dansent sur les murs.

— L'endroit rêvé ! raille Jacob, les bras croisés sur son T-shirt.

L'équipe de tournage s'installe, teste le matériel et ajuste les projecteurs.

— Oh, j'allais oublier, lance Findley.

Il tend à ma mère un petit dispositif rectangulaire, qui ressemble à un talkie-walkie, avec des voyants lumineux alignés sur le devant.

— Un détecteur de champ électromagnétique ! s'écrie-t-elle, ravie.

Sa voix résonne dans les tunnels.

— C'est pour mesurer les phénomènes paranormaux, m'explique-t-elle en brandissant l'appareil devant moi.

Lorsqu'elle appuie sur le bouton, le détecteur émet un sifflement diffus, semblable au bruit d'une radio qui chercherait une station. Elle l'agite d'avant en arrière, à l'affût d'un signal. Jacob me jette un regard malicieux, puis fait un pas dans sa direction. Aussitôt, le dispositif réagit et produit une faible tonalité.

— Tiens donc ! s'exclame ma mère. Ça marche.

J'envisage de lui dire de qui il s'agit, mais je me ravise. Nul besoin que l'équipe de tournage au grand complet sache que mon meilleur ami est un fantôme. Malgré tout, il faut bien reconnaître que voir l'appareil enregistrer sa présence est plutôt chouette.

Quand Jacob recule, le son s'interrompt pour nous laisser avec l'eau qui goutte au loin sur le sol en pierre et le bruit de nos pas.

L'endroit est silencieux, mais pas autant qu'il devrait l'être.

Quand le vent siffle, je crois entendre quelqu'un m'appeler, sans pouvoir distinguer les mots pour autant. Findley me surprend à tendre l'oreille.

— Pas d'inquiétude, me chuchote-t-il avec un sourire, c'est la vieille ville qui nous joue des tours.

— Vraiment ? rétorque ma mère, avant de me décocher un clin d'œil.

Puis elle se tourne vers la caméra et le tournage commence.

— Le malheur s'est abattu sur le Mary King's Close à l'époque de la peste noire, déclare-t-elle.

— Quand il est question de cadavres dans l'histoire, enchaîne mon père de son ton professoral, on retrouve souvent les mêmes deux grandes causes : la maladie et la guerre.

— Or, l'Écosse a beaucoup souffert de ces deux fléaux, ajoute ma mère.

Le récit passe de l'un à l'autre, tel un témoin de relais, si bien que mon père poursuit :

— Lorsque la peste a touché Édimbourg et ses habitants, les bien portants avaient si peur des malades qu'ils les enterraient parfois avant même qu'ils aient succombé.

Je jette un œil à Jacob en réprimant un frisson. Il me fixe, ses yeux bleus écarquillés sous le coup d'une horreur feinte – ou réelle, peut-être. J'ai du mal à discerner quand il est vraiment effrayé et quand il se moque de moi.

C'est comme ça entre nous.

Il fait mine d'être effrayé, même lorsqu'il ne l'est pas.

Et moi, je fais mine d'être sereine, même lorsque ce n'est pas le cas.

Je me rapproche de mon ami. Il a beau ne pas être de chair et de sang, sa présence me rassure. On se colle l'un à l'autre. Encore un peu et mon coude lui passerait au travers.

Quand le Voile vient me tapoter l'épaule, mes doigts se resserrent machinalement sur la sangle de mon appareil photo.

— N'y pense même pas, m'avertit Jacob.

Ne t'inquiète pas, répliqué-je dans ma tête.

Le Voile danse à la périphérie de mon champ de vision, pour m'inciter à me tourner vers lui, mais je ne cède pas. En ces lieux, il prend un aspect sinistre, un peu comme dans le cimetière de Greyfriars.

— Comment devient-on fantôme ? demande ma mère d'une voix enjôleuse, comme si elle me lisait une histoire, assise sur mon lit. La vie que l'on mène joue peut-être un rôle. Mais, pour ma part, j'ai toujours pensé que la manière dont on trouve la mort revêt une grande importance. Ce n'est d'ailleurs sans doute pas un hasard si on qualifie souvent ces esprits de « tourmentés ».

Dans un effet dramatique, elle tapote le mur le plus proche.

La scène n'a rien à voir avec ces émissions de télévision ringardes sur les fantômes. Le ton employé par mes parents… On dirait que ma mère raconte une histoire et que mon père fait cours à sa classe. Tous deux sont des orateurs nés. Leurs voix m'absorbent tant que, l'espace d'un instant, j'en oublie ma peur et l'endroit où l'on se trouve : un labyrinthe souterrain peuplé de squelettes.

Puis je lance un regard de côté et découvre une paire d'yeux au milieu d'un visage pâle en train de me fixer.

Je recule en poussant un cri perçant et je me cogne contre Findley.

— Coupez ! crie l'un des cadreurs.

— Désolée, marmonné-je, culpabilisant d'avoir gâché la prise. J'ai cru voir…

Lorsque le second cadreur tourne son projecteur vers les ombres, la lumière se reflète sur un masque de cire luisant.

— Il y en a un peu partout, pour l'ambiance, m'explique Findley.

— Normal ! commente Jacob d'un ton sec. Pas du tout tordu.

Mes parents, l'équipe de tournage et notre guide s'engagent ensuite dans un couloir. Quand je commence à les suivre, le tapotement s'affaiblit un peu. Je me retourne, scrute le corridor et esquisse un pas dans une autre direction. Aussitôt, le Voile se renforce. Si l'on jouait au jeu du chaud et du froid, je brûlerais, au contraire de mes parents qui se dirigeraient tout droit vers le pôle Nord.

Ils ont beau être brillants, ils sont incapables de trouver de véritables fantômes.

J'attends qu'ils soient entre deux prises – avec le petit voyant rouge des caméras bien éteint – pour les appeler.

— Par ici !

Par ici… ci… ci… enchaîne l'écho de ma voix.

Mes parents rebroussent chemin, immédiatement suivis par l'équipe.

— Tu as trouvé quelque chose ? me demande Findley.

Je hausse les épaules.

— J'ai comme un pressentiment, c'est tout.

Nous franchissons un petit portique. Aussitôt, le monde rétrécit autour de nous et le plafond se referme au-dessus de la tête de mon père. Nous pénétrons bientôt dans une pièce sans fenêtres, tout en pierre.

On dirait un tombeau.

Les caméras se remettent à filmer. Et le magnétomètre se réenclenche.

Seulement, Jacob n'y est pour rien cette fois. Et au lieu de la faible tonalité de tout à l'heure, le sifflement se fait strident, presque aussi fort qu'un cri.

— Bon, cet endroit n'est clairement pas fait pour moi, lance mon ami en reculant.

Tu n'as pas intérêt à me laisser ici, soufflé-je dans ma tête.

Je n'ai jamais souffert de claustrophobie, mais là, je commence à regretter de ne pas être restée dans la boutique. Je profite de ce que le tournage reprend pour retourner dans le couloir, sans percevoir le signal qui se fait de plus en plus fort. Trop tard.

Le Voile m'enveloppe.

— Lorsque les rues inférieures ont été recouvertes de briques, pendant la peste… raconte mon père.

Le Voile m'attrape par les épaules.

— Certaines victimes se sont retrouvées emmurées vivantes…

Il me saisit par les manches.

— Cass… me prévient Jacob.

Je ferme aussitôt les yeux.

Je ne me retournerai pas.

Je ne regarderai pas.

Je ne…

Mais, au bout du compte, ça n'a aucune importance.

Car le Voile s'ouvre derrière moi. Je pousse un cri de surprise, les poumons inondés d'air glacé. L'instant d'après, je suis entraînée sous la surface.

*

Le Mary King's Close regorge littéralement de fantômes.

Ils toussent, crient et traînent des pieds. L'un d'eux se racle la gorge. Par terre, un tas de haillons remue. Dessous se trouve en fait – ou plutôt, se trouvait – un être humain.

Des tas de briques s'empilent sur le sol humide et de tous côtés se dressent des murs inachevés. Un peu plus loin, quelqu'un tape mollement du poing sur la pierre.

Jacob maugrée et passe une main dans ses cheveux blonds en bataille.

— Cass…

— Je n'ai pas fait exprès.

— Je sais, réplique-t-il, secoué de frissons, les bras croisés sur son torse. Bon, dépêchons-nous de sortir d'ici.

Je regarde autour de moi.

L'équipe de tournage, Findley et mes parents ont disparu derrière le Voile. Si je tends l'oreille, j'entends encore l'écho spectral de leurs voix. Pourtant, quand j'attrape le rideau gris, ma main rencontre une paroi solide. Plus proche d'un mur que d'un tissu.

Mauvais signe… Je m'efforce de ravaler la panique qui commence à me gagner lorsqu'un homme squelettique passe devant moi en boitillant.

Une vieille femme sanglote.

Les membres d'une famille se blottissent les uns contre les autres pour se réchauffer.

Jacob se rapproche doucement de moi. Autour de nous, l'air charrie angoisse, chagrin et maladie.

Soudain, une onde parcourt les fantômes et tous tournent la tête vers moi. Je suis une intruse dans leurs souvenirs, leur monde, leur mort.

L'homme squelettique s'arrête.

La vieille femme plisse ses yeux laiteux.

La famille me lance des regards noirs.

— Cassidy... chuchote Jacob d'une voix plus pressante.

Je saisis de nouveau le Voile, dans l'espoir de trouver l'ouverture pour retourner de l'autre côté, mais l'étoffe reste ferme sous mes doigts. Je retente ma chance. En vain. Cela ne m'était encore jamais arrivé.

Lentement, les fantômes se mettent en branle.

Ils avancent vers nous.

— Jacob, appelé-je en tentant de ne pas laisser transparaître ma panique. Un petit coup de main ne serait pas de refus !

— Du calme. Je vais nous sortir de là.

Il pose une main sur mon bras, si bien que je sens les os de ses doigts lorsqu'il resserre sa prise.

Il ne se passe toujours rien.

— Jacob ?

Il grogne, comme s'il s'échinait à soulever une lourde charge.

Je devine qu'il s'efforce de nous tirer de l'autre côté du Voile. Seulement, rien n'y fait : nous n'avons pas bougé. Quant aux fantômes, ils se dirigent toujours vers nous, traînant avec eux leur lot de menace, malice, colère, terreur, maladie, chagrin et j'en passe…

Comme un courant glacé inondant mes poumons, un froid mordant s'insinue dans mes os. Je n'arrive plus à distinguer les deux mondes, à séparer mes souvenirs de ceux des fantômes, ce que j'éprouvais avant de ce qu'ils ressentent à présent. La confusion me gagne, toujours plus forte.

Je suffoque.

— Jacob !

— J'essaie !

Je recule peu à peu, jusqu'à me retrouver le dos au mur. Mes mains cherchent à tâtons l'appareil photo sur ma poitrine et s'y accrochent comme à un talisman, un rappel de la réalité. Mes doigts effleurent l'un des boutons…

Le flash se déclenche.

Un éclat lumineux jaillit soudain, un éclair blanc éblouissant dans l'obscurité des tunnels.

Les fantômes battent aussitôt en retraite. Certains se protègent les yeux, d'autres clignent des paupières, comme aveuglés. L'effet ne durera pas. Mais Jacob profite de cet instant volé pour m'attraper la main et m'entraîner à sa suite au milieu des rangs de spectres. Nous prenons la fuite.

CHAPITRE 13

Nous filons dans le dédale de ruelles souterraines, les fantômes sur nos talons. J'ai beau les entendre se rapprocher, je ne me retourne pas. Mes pieds me portent sur le sol en pierre brute, me font franchir des portes, traverser des pièces, parcourir des couloirs.

Enfin, je repère un escalier.

Monter. Voilà ma seule pensée. *Monter.* Chaque marche nous éloigne du Mary King's Close, de sa foule spectrale et de cette horrible vague de sentiments affreux.

À mi-chemin de la surface, le Voile se réduit assez pour que j'attrape le rideau – enfin redevenu tissu – et que je l'écarte de force. Jacob et moi basculons, de retour dans un monde baigné de lumière pâle et traversé d'air frais.

À bout de souffle, les poumons glacés, j'ai l'impression de remonter des profondeurs. Le poids de la main de mon ami a disparu, mais je sens sa présence à mes côtés. Quand il s'adosse au mur de la ruelle, la lumière du soleil filtre à travers son corps.

Je regarde autour de moi, perdue.

Enfin, non, pas tout à fait – difficile de s'égarer avec le bruit du Royal Mile, perceptible au loin. En outre, le sol est incliné sous mes pieds. Monter nous conduit donc logiquement vers un endroit, et descendre, vers un autre. Quoi qu'il en soit, si je ne suis pas perdue, je ne sais pas pour autant où je me trouve.

J'étais si concentrée sur mon objectif – sortir du Mary King's Close et franchir le Voile – que je n'ai pas réellement prêté attention à notre parcours. J'ai dû emprunter un autre escalier, car Jacob et moi nous trouvons dans une ruelle que je n'ai encore jamais vue, composée en grande partie de pierre grise, que complète la grisaille du ciel. Il n'y a ici aucune animation ni aucun bruit.

Je m'affaisse contre le mur et me laisse glisser par terre (ce n'est sans doute pas très propre mais je m'en moque). La sensation d'être engoncée dans des toiles d'araignée ne me quitte plus et, dès que je cligne des yeux, je vois les fantômes. Leur regard, où se mêlaient désir, colère et peur.

J'avais déjà visité de nombreux lieux hantés, mais jamais encore le Voile ne s'était montré plus fort que moi. Et que Jacob, surtout. Mon ami se tient au-dessus de moi, les bras croisés. Pour une fois, j'aimerais être capable de lire dans ses pensées, car son expression est indéchiffrable.

— On aurait mieux fait d'aller faire un tour en ville, lancé-je enfin.

Il soupire, puis s'accroupit à mes côtés.

— On en viendrait presque à regretter les élèves bizarres coincés dans des auditoriums en feu, pas vrai ?

J'esquisse un sourire. Nous restons assis là encore un moment, dans le silence que ponctuent seulement les cris des mouettes au-dessus de nos têtes et le son lointain des cornemuses.

— Ça va ? me demande Jacob.

J'apprécie sa sollicitude. Il connaît déjà la réponse mais me pose malgré tout la question. Et si je lui mens, il ne dira rien. On fera juste semblant – comme si on était tous les deux parfaitement normaux. Que lui n'était pas un fantôme doué de télépathie, et moi… la jeune fille que je suis. Attirée par des lieux peuplés de morts. Il me semble avoir aussi peu de choix qu'un rocher dévalant une colline. L'attraction que je ressens me paraît aussi inexorable que la pesanteur.

Qu'est-ce qui cloche chez moi ?

— Par où commencer ? me taquine mon ami.

Je le pousse de l'épaule et suis prise d'un petit frisson lorsque mon bras passe à travers sa manche.

— Ça chatouille ! s'écrie-t-il en se relevant.

Il me tend la main et je regrette de ne pas pouvoir la prendre. À la place, je m'appuie sur le mur. Je ne suis pas encore tout à fait debout quand Jacob jette un coup d'œil sur sa droite et étouffe un cri de surprise.

— Ça alors !

Suivant son regard, je vois une adolescente traverser la route.

Je la reconnais aussitôt. Sa peau d'un brun clair, ses cheveux noirs attachés en une tresse soignée. La fille de *L'Impasse*.

Lara Jayne Chowdhury.

Son collier, qu'elle tient à la main, se balance au rythme de ses pas. Le petit miroir tournoie au bout de ses doigts et capte la lumière.

— Qu'est-ce qu'elle fabrique ? se demande Jacob au moment où Lara disparaît à l'angle de la rue.

— Aucune idée, réponds-je en me redressant. Mais j'ai bien envie de le savoir.

Nous lui emboîtons le pas et tournons juste à temps pour la voir s'arrêter, regarder à droite puis à gauche, avant de se volatiliser.

Elle est passée de la rue… au néant.

Ce qui n'est pas humainement possible.

— Sauf si… commence mon ami.

Sauf si elle est comme moi.

Je me souviens soudain de mon impression de déjà-vu. De la façon dont Lara m'a regardée et a semblé entendre Jacob quand il a ri.

« Tu crois aux fantômes ? » m'a-t-elle demandé.

Lorsque je m'approche de l'endroit où elle a disparu, je sens l'ondulation d'un rideau qui se remet en place.

Lara n'est pas passée dans le néant.

Elle a traversé le Voile.

Je tends déjà la main quand mon ami s'interpose.

—Non. Tu as oublié ce qui vient de se passer ? On s'est retrouvés coincés, je te signale !

—Je sais bien.

Le souvenir des fantômes est encore vif dans mon esprit. Mais je n'ai jamais rencontré quelqu'un comme moi. Il faut que je la voie de mes propres yeux. Que je sache. Je saisis donc le rideau et je l'écarte.

—Tu peux rester là, si tu veux, lancé-je à Jacob.

L'espace d'un instant, je me dis qu'il va me prendre au mot et ignorer mes pensées palpitant au rythme de mon pouls.

Tu peux rester, bien sûr, mais je préférerais que tu m'accompagnes.

Mon ami pousse un soupir, avant de marmonner « règle numéro 9… » et de me suivre.

À cet endroit, le Voile est plus fin, la transition plus facile. Le froid dans mes poumons n'est guère plus pesant qu'un souffle, un frisson s'estompant aussitôt.

On franchit le rideau. Sous mes pieds, je retrouve les vieux pavés, et dans ma poitrine, la lumière qui brille. À côté de moi, Jacob a repris consistance – en même temps que du poil de la bête.

—Et maintenant ? demande-t-il en désignant la ruelle, déserte.

Pas de Lara. Ni de fantômes. Seulement une légère brume.

Impossible. Je l'ai vue disparaître. Je l'ai vue...

Soudain, une voix familière à l'accent britannique brise le silence :

— Regarde, écoute...

Suivant les mots portés dans les airs jusqu'au coin de la rue, je découvre Lara de dos, devant un petit escalier. Elle aussi semble plus grise de ce côté-ci du Voile. Sans compter que dans sa poitrine brille le même éclat incandescent.

Et là, étendu sur les marches, comme s'il tentait de fuir, se trouve un fantôme. Un homme de l'âge de mon père, avec une courte barbe et un long manteau étalé autour de lui, telle une ombre.

Le collier de Lara pend au bout de sa main tendue, de sorte que le miroir est tourné vers le fantôme à la manière du pendule d'un hypnotiseur. À la différence près qu'il n'oscille pas d'un côté à l'autre. À vrai dire, il ne bouge pas du tout. Le pendentif reste parfaitement immobile, tout comme l'homme.

Jacob aussi s'est figé à mes côtés. Pour ma part, je retiens mon souffle.

— Vois et comprends... poursuit l'Anglaise.

Ses paroles sonnent comme un sortilège. C'en est peut-être un, d'ailleurs, car le fantôme semble cloué sur les marches. Quant à Lara, elle déclame une troisième réplique, le dos droit et les doigts écartés :

— Voilà ce que tu es vraiment.

Sous la force des mots, l'air se met à ondoyer et le Voile entier à frémir. Devant mes yeux, le fantôme s'estompe, à présent plus proche d'un être de verre et de brouillard que de chair et d'os. Je peux même voir, à travers lui, l'objet enroulé au creux de sa poitrine. Une cordelette, un ruban.

Identique au mien, mais privé de lumière.

Lara plonge la main dans le torse de l'homme pour l'en extirper. L'extrémité y reste d'abord accrochée, avant de céder sous la pression. Le filament pend un instant mollement au bout des doigts de la jeune fille, avant de se déliter et de retomber au sol.

Une seconde plus tard, le fantôme s'effrite à son tour. Il se… désagrège, tout simplement. En un clin d'œil, il a disparu. Au même moment ou presque, une brise surnaturelle souffle dans la ruelle et emporte les cendres.

Jacob étouffe un petit cri de surprise et Lara lève brusquement la tête.

Je pousse mon ami derrière le bâtiment qui fait le coin de la rue, hors de vue de la jeune fille, qui se retourne en s'essuyant les mains.

Je l'observe, stupéfaite.

Elle me toise sans ciller, puis finit par lancer :

— Quoi ? On dirait que c'est la première fois que tu vois une chasseuse de fantômes.

Partie 3

Chasseuses de fantômes

CHAPITRE 14

— Qu'est-ce que…
Je m'interromps, ne sachant qu'ajouter.

Une chasseuse de fantômes ? À la limite de mon champ de vision, Jacob frissonne. Je suis soudain ravie que Lara ne puisse pas le voir.

— J'aurais dû m'en douter, poursuit-elle d'un ton neutre.

— Te douter de quoi ?

— Que tu étais comme moi.

Elle renfile son collier et glisse le pendentif sous son col. Je remarque que la lumière dans sa poitrine est d'une teinte chaude, rosée, contrairement à la mienne, bleue et plutôt froide.

— J'avais déjà des soupçons, à *L'Impasse*. Mais tu avais tellement l'air de ne rien y connaître… Pas que ce soit très différent en ce moment, d'ailleurs…

— Dis donc ! protesté-je. Moi aussi, je trouvais qu'il y avait un truc bizarre chez toi…

— Vraiment ? lance-t-elle en haussant un sourcil noir impeccable.

— Je ne savais pas quoi, c'est tout. J'ignorais qu'il y en avait d'autres qui pouvaient…

— Tu croyais vraiment être la seule capable de tromper la mort ? réplique-t-elle en arrangeant sa tresse. La seule capable de traverser l'entre-deux ? Comme c'est original !

— L'entre-deux ?

Elle désigne d'un geste vague le lieu qui nous entoure.

— Ah, le Voile, tu veux dire !

— C'est comme ça que tu appelles cet endroit ? s'étonne-t-elle.

— C'est toujours mieux que l'« entre-deux ».

Lara commence à protester quand des voix accompagnées de bruits de pas se font entendre. De nouveaux fantômes approchent. Et ils sont plusieurs. Nous nous raidissons toutes les deux.

— On ne devrait pas rester là, lâche Lara.

Sur ces mots, elle tourne les talons et sort du Voile sans un regard en arrière. Je m'apprête à la suivre lorsque Jacob m'attrape le poignet.

— Cette histoire ne me plaît pas, me souffle-t-il. Cette fille non plus ne me plaît pas… Tu as vu ce qu'elle a fait à ce type ? Parce que moi, oui. Elle l'a réduit en cendres. En cendres, Cass !

Je sais. J'ai vu. Mais les questions se bousculent dans ma tête.

Or, peut-être que Lara connaît les réponses. Je me dégage de la poigne de Jacob et m'extirpe à mon tour du Voile. Après un petit coup de froid, me voilà de retour dans le monde réel.

Mon ami ne m'a pas suivie.

— Édimbourg me donne mal à la tête, gémit Lara en se massant les tempes.

— Qu'est-ce que tu…

— Moi qui n'aimais déjà pas l'entre-deux à Londres, me coupe-t-elle, ici, je suis servie… Cette ville possède une aura particulière, tu ne le sens pas ? Comme une chape de plomb…

— Qu'est-ce que tu lui as fait ?

— À qui ? s'enquiert-elle en levant les yeux.

— À l'homme sur les marches.

— Ce n'était pas un homme, mais un fantôme, rétorque-t-elle d'un air pincé. Je l'ai chassé.

— Où ?

— Dans le grand inconnu ? lâche-t-elle avec un haussement d'épaules. Le monde du silence ? La quiétude ? Appelle ça comme tu veux, mais en résumé, je l'ai expédié dans l'au-delà. À sa juste place.

« À sa juste place ? »

— Pourquoi ?

— Pardon ?

— Pourquoi tu as fait ça ?

— Ben, parce que c'est mon travail, tiens ! s'irrite-t-elle.

— Attends… Quelqu'un t'a engagée pour chasser les fantômes ?

— Bien sûr que non. Mais c'est notre mission.

Chasser les fantômes ? Notre mission ? De qui parle-t-elle, au juste ? Je ne comprends pas. J'ai dû formuler mes doutes tout haut, d'ailleurs, car Lara poursuit, après un soupir :

— Enfin, Cassidy, tu ne t'imaginais quand même pas que les esprits restaient dans l'entre-deux de leur plein gré ? Ils ne peuvent pas en sortir, tu sais ? Ils sont coincés. À nous de les libérer.

De nouveau ce « nous ».

— Qu'est-ce que tu fabriques dans ton fameux « Voile », si tu ne libères pas les fantômes ? demande-t-elle, intriguée, avant de poser les yeux sur l'appareil photo suspendu à mon cou. Mon Dieu, ne me dis pas que tu fais du tourisme !

— Euh…

J'ouvre la bouche puis la referme, car j'ignore que répondre.

Son téléphone vibre.

— Il faut que j'y aille, annonce-t-elle après avoir lu le message.

— Attends… Tu ne peux pas partir comme ça !

— Je suis déjà en retard, me lance-t-elle en s'éloignant dans la ruelle. Je suis censée retrouver ma tante au musée. Mes parents insistent pour que j'aie ma dose hebdomadaire d'« enrichissement culturel » ou un truc du genre… Au fait, tu sais que tu es hantée ? (Elle lève la main au-dessus de sa tête.) Par un garçon de cette taille à peu près. Des cheveux blonds en bataille, un T-shirt Captain America…

Je me fige. Personne d'autre que moi n'a jamais réussi à voir Jacob.

— Oui, je sais, dis-je, prudente.

— Et tu n'as rien fait ? s'étonne-t-elle.

Un poids me tombe sur l'estomac quand je comprends le sous-entendu. Il est contenu dans l'intitulé du poste : « chasseuse de fantômes ».

— C'est mon ami.

— Mauvaise idée, réplique-t-elle, en faisant la moue comme si elle venait de mordre dans un fruit amer.

Elle semble sur le point d'ajouter quelque chose, mais son portable vibre de nouveau. Elle se contente alors de secouer la tête puis se dirige d'un pas vif vers l'entrée de la ruelle.

— Attends, s'il te plaît ! la rappelé-je. C'est la première fois que je rencontre quelqu'un qui… capable de… Tu as dit…

Une dizaine de questions se bousculent dans ma tête. Lara doit le deviner, car elle me lance :

— Je suis au 1A.

— Quoi ?

— Mon appartement, à *L'Impasse.* Viens demain matin. Dix heures, précise-t-elle en sortant de la ruelle. Ne sois pas en retard !

Je m'affaisse contre le mur, l'esprit en ébullition.

« C'est notre mission. »

Chasser les fantômes... Notre rôle ? Les expédier... Est-ce pour cela que je suis capable de traverser le Voile ?

Une autre question me taraude, plus troublante encore : Jacob était-il au courant ?

Depuis le début ?

Comme s'il avait entendu son nom, mon ami réapparaît. Il surgit des pavés, les bras croisés et le regard sombre. Il n'a pas l'air franchement content.

J'essaie de chasser toutes ces questions de ma tête pour qu'il ne les entende pas, mais on dirait qu'il ne m'écoute même pas.

— Vous avez bien discuté ? demande-t-il d'un ton glacial.

— Ne le prends pas comme ça. J'étais curieuse, c'est tout. Je ne savais pas que d'autres que moi pouvaient traverser le Voile. Tu étais au courant, toi ?

— Non, répond-il en fouillant le sol de sa basket.

De toute évidence, il ne veut plus en parler. Pourtant, je ne peux m'empêcher de poursuivre :

— Tu savais qui j'étais réellement, Jacob ? Ce dont j'étais capable ?

Mal à l'aise, il garde le silence.

— Tu m'as dit que tu avais des principes à respecter.

— En effet.

— Des règles dont tu ne pouvais pas me parler. C'est la vérité ? Ou tu n'y tenais pas, tout simplement ?

Mon ami rougit et détourne le regard. Voilà qui me donne ma réponse.

— Tu ne me faisais pas assez confiance, lancé-je, blessée par ce constat.

— Non, tu te trompes, Cass.

— Règle numéro 6, Jacob : ne pas laisser ses amis dans l'ignorance.

— Je te demande pardon, souffle-t-il, penaud. J'avais juste peur…

Il secoue la tête.

— Peur de quoi ?

Avant qu'il ne puisse me répondre, mon téléphone réservé aux urgences sonne dans ma poche.

Oh, oh…

À peine ai-je décroché que la voix inquiète de mon père résonne à mon oreille :

— Cassidy ? Tu es où ?

— Désolée… J'avais besoin d'air, et puis je me suis perdue.

Je suis ses instructions pour revenir à l'entrée du Mary King's Close, suivie de Jacob. Papa surgit une seconde plus tard, les cheveux en bataille et les lunettes pleines de poussière.

— Ah, te voilà ! On t'a cherchée partout. Tu aurais pu décrocher, quand même, ça fait cinq fois que je t'appelle !

Il faut croire qu'on ne capte pas dans le Voile…

— Je l'ai trouvée ! crie-t-il dans le tunnel derrière lui.

Trouvée… vée… vée… reprend sa voix.

— Pardon, dis-je, tête baissée. Je crois que j'ai pris un peu peur.

Il m'attire à lui d'un air protecteur.

— Je peux te confier un secret ? Cet endroit me donne la chair de poule à moi aussi. Mais surtout, ne le répète pas à ta mère, ajoute-t-il en me serrant contre lui. J'ai une réputation à tenir.

L'intéressée arrive quelques instants plus tard, suivie de l'équipe de tournage et de Findley.

— J'ai adoré ! s'exclame-t-elle, les joues rouges.

Il n'y a que ma mère pour aimer se faire peur. Je parie qu'elle serait encore plus heureuse si elle pouvait traverser le Voile. Face au regard sévère de mon père, elle reprend son sérieux : son sourire s'efface et elle fronce les sourcils, comme tout parent qui se respecte.

— À part quand tu as disparu, jeune fille. Là, j'ai tout sauf adoré.

Je marmonne de timides excuses.

— Alors, maintenant, tu crois aux fantômes ? me taquine Findley avec un clin d'œil.

— Oh, Cassidy y a toujours cru, répond ma mère.

Notre guide hausse ses sourcils couleur rouille.

— C'est vrai ? demande-t-il, soudain respectueux.

— Bien sûr ! Son meilleur ami est un esprit.

En une seule phrase, elle vient de me faire passer d'intéressante à folle. Je lui lance un regard noir.

— Maman !

— Assume ton côté étrange, ma fille, lance-t-elle en me serrant dans ses bras. Il n'y a rien de plus barbant que d'être normal.

Facile à dire quand on ne voit pas les fantômes.

CHAPITRE 15

Nous terminons la journée dans un lieu appelé Grassmarket, autrement dit, « marché aux herbes ».

Bien sûr, nulle trace de verdure à l'horizon, et je ne vois pas l'ombre d'un marché. Juste une grande place entourée de boutiques et de pubs. Et si le château se dresse derrière les bâtiments, telle une sentinelle menaçante, l'esplanade en elle-même est plutôt agréable, spacieuse et dégagée.

Sympa, comme endroit, pensé-je, juste avant que ma mère ne m'informe qu'il s'agissait autrefois d'un lieu d'exécution. J'aurais dû m'en douter…

Nous suivons l'équipe sur la place. Comme je m'y attendais, le Voile s'épaissit peu à peu autour de mes membres, jusqu'à ce que j'aie l'impression de marcher dans l'eau. J'aurais déjà été entraînée de l'autre côté si mon esprit n'avait pas été encore absorbé par Lara Chowdhury : son miroir en pendentif, son étrange incantation, et la façon dont le fantôme s'est désagrégé à ses pieds.

« C'est notre mission. »

Jacob s'agite nerveusement à mes côtés. Nous n'avons pas reparlé de ce qui s'est passé dans la ruelle, ni de ce qu'il a voulu dire en me confiant qu'il avait eu peur, mais le moment semble mal choisi. Nous faisons donc de notre mieux pour nous comporter comme si de rien n'était.

Mon père désigne une petite dalle au sol, qui sert visiblement de repère.

— Tu vois ça, Cass ? Des centaines de personnes ont été exécutées en cet endroit précis.

Le Voile devient pesant lorsque je tends le bras pour effleurer la pierre.

— Ah non ! s'écrie Jacob en me chassant à grands gestes.

Arrivée à la dernière étape de la journée – l'auberge du Cerf blanc, connue pour ses prétendues apparitions –, je m'attends au pire et suis donc soulagée quand le tapotement du Voile se réduit à un léger picotement.

Par chance, le pub n'est pas hanté.

Pas plus que le reste de la ville, du moins. Tant mieux, car c'est officiel : j'ai eu mon lot de péripéties des *Inspectreurs* pour la journée. Laissant mes parents et l'équipe de tournage se diriger vers le fond de la salle pour filmer, je m'installe avec Findley (et Jacob, bien sûr) dans un box d'angle, où nous commandons à manger.

Puis notre guide se lève pour aller au bar. Pendant son absence, mon ami et moi ne parlons pas. Je ne peux m'empêcher de repenser à ce qu'il a dit – et surtout, à ce qu'il a gardé sous silence. Les yeux ostensiblement rivés à la table, il essaie de soulever un dessous de verre.

Findley revient enfin, avec deux pintes de bière.

—Euh... Je n'ai pas vraiment l'âge de boire de l'alcool.

Il éclate d'un rire chaleureux.

—Ah, mais ce n'est pas pour toi ! Celle-ci, c'est la mienne... (Il tire une chope vers lui et pousse l'autre vers le siège vide à ses côtés.) Et celle-là, c'est pour Reggie.

—Reggie ?

Étonnée, je cherche l'intéressé du regard.

—Reggie Weathershire. Un vieux copain. C'était son pub préféré.

J'écarquille les yeux. Reggie Weathershire. Le défunt mari de notre hôtesse. Mort depuis huit ans.

—Vous pensez qu'il hante ce lieu ?

—Je ne sais pas, répond Findley en haussant les épaules. Mais si c'est le cas, ça me ferait mal au cœur qu'il n'ait rien à boire. C'est toujours moi qui payais la première tournée.

Je ne vois aucun signe de M. Weathershire, du moins pas de ce côté-ci du Voile. Cela dit, mon père m'a confié un jour que les vivants s'accrochaient aux morts. D'après lui, les « fantômes » sont simplement notre manière de garder nos proches avec nous. Bien sûr, c'est un peu plus compliqué que ça, mais l'idée que son ami soit présent semble réjouir notre guide.

Une grande corbeille de frites arrive à notre table. J'en trempe une dans le vinaigre avant de l'avaler.

— Tu deviens une vraie Écossaise, ma parole ! glousse Findley.

— Vous croyez vraiment aux fantômes ? lui demandé-je en prenant une autre frite.

— Oui, répond-il sans hésitation. En un sens. Je suis persuadé que quand une personne disparaît, elle laisse toujours quelque chose derrière elle, comme un souvenir. Je vis dans cette ville depuis trop longtemps pour ne pas y croire. En revanche, je ne pense pas que les esprits nous veuillent du mal.

Lara ne serait sans doute pas de cet avis.

— Et puis, même dans le cas contraire, ajoute-t-il, il paraît que tu as un fantôme pour ange gardien.

Je me crispe, mais son ton n'est pas taquin. Malgré la lueur malicieuse qui brille dans ses yeux, il ne se moque pas de moi.

— Tu n'as rien à craindre avec un ami pareil !

— Tu sais bien que je serai toujours là pour toi, Cass, me confirme Jacob, un sourire aux lèvres.

— Alors, poursuit Findley, parle-moi un peu de ce gaillard. Comment s'appelle-t-il ?

J'avale une autre frite avant de répondre :

— Jacob. Il m'a sauvé la vie.

— Ah oui ? Eh bien, tu en as de la chance !

Ça, c'est sûr ! pensé-je en lançant un regard à mon ami, qui rougit et baisse les yeux. Peu après, mes parents et l'équipe de tournage nous rejoignent, si bien que le reste du repas se résume à une longue discussion technique au sujet de l'émission. De mon côté, j'empile des frites, que Jacob essaie de faire tomber.

Quand vient le moment de partir, nous nous dirigeons vers la sortie. L'équipe ouvre le chemin, le matériel à l'épaule. Juste avant de pousser la porte, je jette un dernier coup d'œil à la table : la chope de M. Weathershire est vide.

Si je dois retenir une leçon de cette journée, c'est qu'il me reste beaucoup à apprendre.

Le monde est peut-être encore plus étrange que je ne le pensais.

Après avoir pris congé de l'équipe de tournage, nous rentrons à *L'Impasse*. Mon père et Findley avancent d'un bon pas, en grande conversation, pendant que Jacob siffle l'air du générique d'un dessin animé dont le nom m'échappe. Quant à ma mère, elle marche le nez en l'air pour savourer la brise estivale.

La lune est haute dans le ciel. La nuit, fraîche et claire – en un mot, parfaite. Je photographie les rues sinueuses et les réverbères couleur d'ambre. Même à l'extérieur du Voile, cette ville possède une aura particulière.

Nous nous trouvons en haut du Royal Mile quand je l'entends soudain.

Une chanson emplit l'air. Je crois au début qu'elle vient d'un artiste de rue ou d'un joueur de cornemuse. Mais l'endroit est sombre et désert. Et la rengaine, limpide.

C'est une femme qui chante.

Sa voix s'agrippe à mes pensées tel un crochet, ralentissant mes pas. Je connais cette mélodie. Ou plutôt, celle qui la fredonne. À vrai dire, il ne s'agit pas vraiment d'une femme. Je revois sa cape rouge, ses boucles noires, sa main tendue. Je m'arrête et tourne sur moi-même pour chercher d'où vient l'air. La chanteuse est toute proche. Je meurs d'envie de la rejoindre.

J'ai *besoin* de la rejoindre.

— Vous entendez ? chuchoté-je.

Seulement, personne d'autre ne semble remarquer quoi que ce soit, pas même Jacob, qui me regarde comme si j'avais perdu la tête. Je tends le cou et l'oreille mais, avant que je réussisse à trouver la source de la mélodie, elle s'est évanouie.

On n'entend plus désormais que le vent.

Mes parents veillent tard pour passer en revue les rushes de la journée et préparer le tournage du lendemain. Pour ma part, je vais directement me coucher : tout ce que je veux, c'est dormir (et, de préférence, rêver d'autre chose que de ruelles hantées et de cryptes).

Mais le sommeil ne vient pas.

Il glisse sur moi sans trouver la moindre prise.

Je me tourne et me retourne dans mon lit. Dès que je ferme les yeux, je vois les galeries du Mary King's Close, et une dizaine de visages blafards braqués sur moi. Puis la scène disparaît et je me retrouve à la surface, dans la rue. Lara Chowdhury se tient devant moi, son pendentif en miroir au bout des doigts...

« Regarde, écoute, vois et comprends : voilà ce que tu es vraiment... »

En pleine nuit, je finis par repousser mes couvertures et je me dirige vers le salon, manquant de trébucher sur Morty au passage. La porte de la chambre de mes parents est entrouverte, mais la pièce est plongée dans le noir et j'entends mon père ronfler doucement.

— Jacob ? chuchoté-je en espérant qu'il soit dans les parages.

Pas de réponse.

Je m'approche alors du vieux secrétaire sous la fenêtre. Mon appareil photo y est posé sur sa sangle violette, éclairé par un rayon de lune. Je l'attrape et regarde le chiffre inscrit sur le dessus : il me reste dix prises. Je retourne l'appareil pour nettoyer l'objectif avec la manche de mon pyjama quand un détail me saute aux yeux.

Je me trouve rarement de ce côté-là de l'appareil, si bien que je n'ai jamais remarqué que l'objectif était réfléchissant, tel un morceau de verre. Ou un miroir…

Est-ce la raison pour laquelle Jacob ne me regarde jamais en face quand je le prends en photo ?

Combien d'autres secrets me cache-t-il ?

Combien de mystères ai-je encore à percer ?

CHAPITRE 16

— Tu es sûre de ne pas vouloir venir ? me demande ma mère le lendemain matin. Nous allons explorer les caveaux d'Édimbourg. Il paraît qu'ils *regorgent* de phénomènes paranormaux !

Est-ce ainsi que les parents ordinaires parlent à leurs enfants ?

— Depuis quand ta famille est-elle ordinaire ? me lance Jacob.

— Sûre et certaine, réponds-je à ma mère, avant de prendre Morty dans mes bras. Je passe mon tour sur ce coup-là.

— Tout va bien ? s'enquiert mon père, tout en griffonnant quelques réflexions de dernière minute dans son carnet.

— Oui, oui…

Je ne précise pas qu'une fille m'attend au premier étage pour me parler de chasse aux fantômes. Je ne m'autorise même pas à y penser, pas avec Jacob à côté de moi et ce secret qui flotte entre nous comme un mensonge. À la place, je choisis une méthode qui a fait ses preuves, à savoir feindre la peur.

— C'est juste que… commencé-je en me mordillant la lèvre pour appuyer mon propos. Je ne me suis pas encore bien remise de notre visite dans les ruelles du Mary King's Close…

Pour une fois, je ne mens pas vraiment : cet endroit était réellement effrayant. Sans parler du moment où le Voile ne voulait plus me laisser partir.

— Je ne suis pas sûre d'être prête à renouveler l'expérience.

— Oh, mon cœur ! s'exclame ma mère en écartant quelques mèches de mon visage. Je t'ai entendue t'agiter dans ton lit cette nuit. Ça t'a empêchée de dormir ? (J'acquiesce et elle me tapote la tête.) Tu as toujours été très sensible à ce sujet.

— Y aurait-il un lien avec ta noyade, par hasard ? raille Jacob.

Je lui lance un regard d'avertissement avant d'ajouter, dans un frisson :

— L'atmosphère sous terre était si oppressante…

Mon ami pousse un grognement. De toute évidence, il pense que j'en fais un peu trop, mais ma mère hoche la tête avec compassion.

— Il y régnait une aura malveillante, c'est sûr.

— En même temps, ce n'était peut-être pas le meilleur endroit où emmener une enfant, s'agace mon père.

Ce dernier mot m'irrite. Je déteste quand mes parents me traitent d'enfant. Or, vu le ton employé, je devine qu'ils ont déjà eu cette conversation. Que pour papa, je n'aurais jamais dû venir à Édimbourg. Ils ne pourraient pas m'oublier un peu ?

— Non ! m'écrié-je. Ça va aller. J'ai juste besoin de faire une pause d'une journée. Même pas une journée, une matinée ! Deux ou trois heures normales, sans esprits, ni spectres, ni fantômes, ni…

Je me mets à radoter. Les sourcils froncés, Jacob semble essayer de comprendre ce qui me passe par la tête, mais je reste concentrée sur mes parents.

— À tous les coups, c'était dû à la nourriture grasse et au décalage horaire. Je vais me remettre sur pied pour pouvoir repartir à la chasse aux fantômes, conclus-je avec assurance.

— Je te fais confiance, répond ma mère avant de m'embrasser sur la tête.

Mon père me confie un peu d'argent en cas d'urgence, ainsi que leur planning de tournage pour la journée, et me donne l'instruction stricte de rester à *L'Impasse* jusqu'à leur retour, car Édimbourg a beau être une très belle capitale, elle reste une ville étrangère.

— Amusez-vous bien ! lancé-je alors que la porte se referme derrière eux.

Jacob se laisse tomber à côté de moi sur le canapé et s'interroge à voix haute :

— Qu'est-ce qu'on fait maintenant ? On pourrait regarder leurs drôles d'émissions écossaises, ou chercher où Mme Weathershire cache ses petits gâteaux, ou encore… Pourquoi tu me regardes comme ça ?

— Ne panique pas…

— C'est le meilleur moyen de me faire perdre mon calme, réplique-t-il en plissant les yeux.

Je me tortille, mais à quoi bon lui cacher la vérité ? Il est déjà assez difficile de mentir. Alors, mentir à une personne qui lit dans vos pensées, c'est quasi impossible.

— Je dois aller voir quelqu'un.

Jacob n'a pas besoin de me demander qui. Il lit la réponse dans mes pensées, et moi, l'effroi sur son visage.

— Tu plaisantes, j'espère !

— Juste pour discuter.

— Je n'arrive pas à croire que tu ailles la voir !

Je n'ai aucune envie de me disputer de nouveau avec lui. Pas à ce sujet. Il ne peut quand même pas m'en vouloir d'essayer de comprendre…

— C'est une chasseuse de fantômes, Cass. Tu sais, quelqu'un qui chasse les fantômes, ajoute-t-il en se désignant.

— Je suis au courant, merci. Sauf que pendant un an, j'ai cru être la seule capable de traverser le Voile. Alors, excuse-moi d'être curieuse, mais c'est la première fois que je rencontre quelqu'un comme moi.

— Elle n'a rien à voir avec toi ! rétorque-t-il d'un ton sec. Toi, tu photographies les spectres. Tu ne... (Il agite frénétiquement la main.) Tu ne les anéantis pas !

Oui, mais voilà... Et si c'était ce que j'étais censée faire ?

Jacob a dû m'entendre le penser, car ses traits se tordent de rage. Je ne l'ai jamais vu aussi furieux. Si la colère peut transformer un visage, l'effet est encore plus flagrant chez les spectres. Les contours de sa silhouette ondulent et son visage blêmit. Soudain, il a l'air... d'un fantôme.

— Je comprends que tu veuilles te faire des amis, Cass...

Tu parles, comme si mon amitié intéressait Lara... Je n'ai pas le temps de partager mes pensées que Jacob enchaîne :

— Mais tu pourrais faire l'effort de choisir quelqu'un qui ne réduit pas en cendres les gens comme moi.

Incapable de me taire plus longtemps, j'éclate :

— Si tu avais été franc avec moi dès le début, je n'aurais peut-être pas besoin d'aller chercher des réponses ailleurs !

Mon ami me fixe un long moment d'un regard intraitable, puis lève les mains en signe de reddition avant de disparaître. Je me retrouve soudain seule au milieu de l'appartement.

C'est trop facile, quand on peut fuir comme lui tous les conflits.

Mais, à vrai dire, je ne m'étais jamais disputée avec lui avant ce voyage.

Cette pensée me glace les os.

Je l'attends le plus longtemps possible. Je commence par faire les cent pas, j'empoche la poignée de billets remise par mon père, je mets mon appareil photo en bandoulière, puis j'enfile mes baskets, que je lace lentement en espérant qu'il reviendra… Mais à 10 heures, il n'est toujours pas là.

Or, si je ne descends pas tout de suite, je vais être en retard.

Je frappe à la porte de l'appartement 1A, m'attendant à voir Lara. Quelle n'est donc pas ma surprise quand c'est Mme Weathershire en personne qui m'ouvre, en robe de chambre, ses cheveux blancs relevés en un chignon lâche.

— Bonjour ! me salue-t-elle d'un ton joyeux. Tu es la fille des Blake, n'est-ce pas ? Tout va bien ?

Au début, je crois m'être trompée de porte, mais ma camarade apparaît bientôt dans l'étroit couloir derrière elle.

— Elle vient me voir, tatie.

Mme Weathershire se met à frapper dans ses mains.

— Oh, comme c'est gentil ! Il est grand temps que cette petite se fasse une amie, chuchote-t-elle à mon oreille. Entre, ma chérie. Je vais mettre la bouilloire à chauffer.

Elle s'écarte pour me laisser entrer.

— Pas la peine, intervient Lara en prenant sa veste. On sort faire un tour.

Je n'ai pas le temps de m'en étonner qu'elle me tire déjà dans l'escalier. Elle porte un legging et une robe à manches longues, ses cheveux coiffés en une tresse en épi de blé. Moi, je suis en jean et sweat-shirt, avec une queue de cheval arrangée à la va-vite.

Dans le hall d'entrée, j'entends des pas traînants au-dessus de nos têtes.

— M. Weathershire ?

— Tout ne relève pas du paranormal, Cassidy, rétorque Lara, agacée. Parfois, il s'agit juste d'un problème de plomberie.

Dehors, il ne pleut pas, mais le ciel reste chargé. Comme je l'ai appris très vite, c'est ce que les Écossais appellent un temps « partiellement ensoleillé ». Accueillie par une brise fraîche, je comprends aussitôt que je ne suis pas habillée assez chaudement. Mais Lara avance d'un pas si vif que je n'ose pas lui demander de faire demi-tour.

La route en pente que nous empruntons s'éloigne du Royal Mile. Je ne sais pas où nous allons. Comme Lara ne se montre pas très bavarde, je cherche un sujet de conversation.

— Tu aimes bien *Harry Potter* ?

— Tu me poses la question parce que je suis anglaise ?

— Non, parce que ces livres sont géniaux. Et que l'autrice les a écrits ici !

— À vrai dire, la place de *La Maison de l'Éléphant* dans cette histoire est contestée par les habitants du coin… Malgré tout, finit-elle par avouer, je me suis toujours considérée comme une Serdaigle.

— Donc tu es une fan, en fait !

— Laisse-moi deviner, enchaîne-t-elle avec un regard en coin. Toi, tu es une Gryffondor.

— Comment tu le sais ? m'étonné-je, rayonnante.

Elle me dévisage de la tête aux pieds.

— Téméraire, têtue, et susceptible de foncer sans réfléchir. Et puis, ajoute-t-elle avec un demi-sourire, tu portes un sweat Poudlard rouge et jaune.

Je baisse les yeux. *Pas faux.*

Au bout de la route, elle ralentit enfin le pas.

— Voilà qui est mieux, commente-t-elle en respirant à fond. Pas moyen d'avoir une conversation privée là-bas.

— Mme Weathershire est ta tante ?

— Ma grand-tante maternelle. La famille de mon père vient de New Delhi, et celle de ma mère, d'Écosse, d'où le…

Elle s'interrompt pour faire un geste en direction de *L'Impasse.*

— Je suis née et j'ai grandi à Londres… mais si je reste ici trop longtemps, je vais finir par perdre mon accent.

Je souris, car ça n'a pas l'air près d'arriver. Les différents accents écossais que j'ai entendus sont plus musicaux que celui de Lara, plus tranchant, mais les deux me paraissent à la fois étranges et charmants.

Dans la rue, nous nous arrêtons à un kiosque pour acheter un chocolat chaud – enfin, je parle pour moi. Lara, elle, commande un thé.

Elle tourne le lait dans son gobelet en carton d'un geste lent et précis. Je parie que c'est le genre de fille à avoir une écriture cursive impeccable. À ne jamais trébucher, se cogner les genoux, ou se réveiller les cheveux tout emmêlés.

— Tu vas rester combien de temps chez ta tante ? demandé-je.

Elle hausse les épaules avec un soupir.

— Mes parents ne m'ont pas précisé quand ils rentraient. Ils sont partis réaliser des fouilles en Tanzanie. Une histoire de poteries…

— Et ils ne t'ont pas emmenée ?

Elle se fend d'un sourire teinté d'amertume.

— Une jeune fille de mon âge n'a apparemment rien à faire dans un site archéologique.

Ni dans un périple aux allures de chasse aux fantômes, pensé-je, soudain ravie que mes parents ne soient pas partis sans moi.

— D'habitude, ils reviennent avant la rentrée scolaire.

— Désolée…

— De quoi ? demande-t-elle d'un ton sec.

— Eh bien...

Lara tourne les talons si brusquement que je manque de la percuter.

— Si j'ai accepté qu'on se voie, ce n'est pas pour discuter de ma vie. Allons droit au but.

Depuis notre départ de *L'Impasse*, le château se dresse au-dessus de nous sur son pic rocheux. Lara me conduit par un petit portail dans une sorte de parc au pied de la falaise, où nous nous retrouvons entourées de vieux arbres et de quelques promeneurs avec leurs chiens.

Ma compagne s'assied, toute droite, sur un banc à l'ombre de la paroi rocheuse. Je m'installe en tailleur à côté d'elle en m'efforçant de ne pas gigoter. Elle pose alors sur moi ses yeux brun foncé et me dévisage au point de me mettre mal à l'aise.

Je suis tellement habituée aux commentaires incessants de Jacob, comme une voix off dans ma vie, que sans lui, le monde me paraît silencieux. Il a beau ne pas toujours être dans les parages, je crois bien que c'est la première fois qu'il s'absente exprès.

— Pas de copain aujourd'hui ? lance Lara, comme si elle pouvait lire dans mes pensées.

— Il s'appelle Jacob.

Elle hausse les épaules avec dédain.

— Les fantômes ne sont pas à leur place dans l'entre-deux, et encore moins de ce côté-ci.

— Il m'a sauvé la vie.

— Et donc, pour le remercier, tu le laisses faire un petit tour dans le monde des vivants ? Ce n'est pas malin, Cass. Franchement pas malin. Où est-ce qu'il est passé, d'ailleurs ? me demande-t-elle en regardant autour d'elle.

— Il boude. Il m'en veut d'être venue te voir et de te parler après ce que tu as fait.

— Comment ça, « ce que j'ai fait » ? s'exclame Lara, surprise.

— Tu sais, l'homme dans la ruelle.

— Le fantôme, tu veux dire ? me corrige-t-elle avec un geste dédaigneux de la main. Bah, ça fait partie du travail. Alors, depuis quand tu es une intermédiaire ?

— Une quoi ?

— Une *intermédiaire*, répète-t-elle en étirant les syllabes au cas où je n'aurais pas entendu la première fois. Une passeuse. Une chevaucheuse d'ombres…

Devant mon regard ahuri, elle lève les yeux au ciel.

— Bref, ce qu'on est toutes les deux !

— Ah ! Je ne savais pas qu'il y avait un mot pour ça.

— Il y a des noms pour tout.

— Comme le Voile et l'entre-deux, tu veux dire ?

— Oui, enfin, l'entre-deux, c'est le mot que j'ai appris. Pareil pour intermédiaire.

— Qui t'a expliqué ce que tu étais ? Et ce que tu devais faire ?

Pour une fois, c'est Lara qui semble hésiter.

— Je… euh… personne en particulier. Oncle Reggie possède, ou plutôt possédait, une immense bibliothèque. Il m'a fallu beaucoup de temps et de recherches, de tentatives et d'erreurs…

Elle ment, je le sens. Du moins, elle ne me raconte pas toute la vérité. Mais avant que je puisse la confronter, elle change de sujet.

— Tu n'as pas répondu à ma question. Depuis quand es-tu morte ?

Je tressaille en entendant ce dernier mot, lancé de but en blanc. Cela dit, pas besoin de faire le calcul : je connais précisément la réponse. Jamais je ne l'oublierai…

— Un peu plus d'un an.

C'est quand même moins bizarre que de répondre : « Trois cent soixante-treize jours. »

Lara me regarde, atterrée.

— Un an ? s'écrie-t-elle. Et tu n'as pas récolté une seule âme ?

— Je ne savais pas que c'était ma mission.

De mon côté, je n'ai eu ni mode d'emploi, ni grande bibliothèque (en réalité, le bureau de mes parents recelait peut-être quelques indices, mais je n'ai jamais songé à y chercher des réponses).

— Et je n'en suis toujours pas sûre, en fait.

— Écoute, lance Lara, visiblement agacée. Tu es attirée par le Voile, non ? (J'acquiesce.) Même s'il te fait peur…

Ça, c'est certain.

— Une part de toi voudrait oublier sa présence, mais c'est plus fort que toi... poursuit-elle.

Tout juste.

— Tu te sens obligée de tirer le rideau, de franchir la ligne pour découvrir ce qui se cache de l'autre côté...

— Oui, avoué-je dans un murmure.

Lara se redresse en hochant la tête d'un air triomphant.

— Ce que tu ressens, Cassidy, ça s'appelle une raison d'être.

Si Jacob était là, il ferait sans doute une plaisanterie sur la lourde tâche qui incombe aux héros, leur quête et les monstres qu'il reste à terrasser. Mais Jacob n'est pas là, et les seuls monstres dont parle Lara sont les fantômes. Comme lui.

— Si on est attirées par le Voile, c'est qu'il a besoin de nous, poursuit-elle. Parce que toi et moi, on peut faire ce dont les autres sont incapables : libérer les esprits piégés là-bas. Les renvoyer.

— On est obligées ? demandé-je à mi-voix.

— Cette attraction que tu éprouves, elle ne risque pas de disparaître, répond Lara d'un air pincé. Elle ne fera au contraire que se renforcer jusqu'à ce que tu remplisses ta part du marché.

— Mais je n'ai jamais conclu de pacte, moi ! m'exclamé-je, exaspérée.

Je n'ai pas choisi de passer par-dessus la rambarde du pont ce jour-là. Ni de tomber dans la rivière. Ni de me noyer… Tout ce que je voulais, c'était remonter à la surface. Bénéficier d'air, de lumière et d'une seconde chance.

Toute trace d'exaspération a quitté le visage de Lara, laissant place à un autre sentiment : la pitié.

— Si, insiste-t-elle d'une voix douce. Tu n'as peut-être pas prononcé de formule magique comme dans les contes, mais tu es là, en vie, alors que tu devrais être morte. On t'a offert un cadeau, à ton tour de rendre la pareille. Toi et moi, on est capables de traverser le Voile. On est même censées le traverser, car on a une mission à accomplir de l'autre côté. Et il est temps que tu te mettes au travail.

CHAPITRE 17

« Une raison d'être. »

Ça peut paraître fou, mais elle a raison, je le sais.

Je le sens au fond de moi. Voilà la réponse aux questions que je me pose depuis mon accident il y a un an, et qui deviennent de plus en plus obsédantes.

Pourquoi suis-je attirée par le Voile ?

Comment se fait-il que je sois capable de le traverser ?

Quel est censé être *mon but*, une fois de l'autre côté ?

Les mains de Lara glissent vers le pendentif qu'elle porte autour du cou. Je la revois le brandir devant le fantôme, entends de nouveau l'incantation qui s'est échappée de ses lèvres…

— Comment ça marche ? lui demandé-je.

Elle ôte son collier et le pose entre nous sur le banc, côté réfléchissant vers le haut.

— Les fantômes ne peuvent pas se regarder dans un miroir, m'explique-t-elle. Sinon, ils restent coincés.

Je repense à Jacob, absorbé par son reflet à *L'Impasse*, cette terrible version de lui-même dans la glace. Une phrase me revient alors en tête :

« *Je me suis un peu perdu.* »

La seule explication qu'il a bien voulu me donner.

Je me creuse la cervelle : avais-je déjà vu mon ami se regarder dans un miroir auparavant ? Il n'y en a pas dans ma chambre à la maison et il n'est jamais entré dans la salle de bain – que pourrait-il bien y faire ? Mais maintenant que j'y pense, il ne s'arrête jamais devant la glace dans l'entrée. Je n'y avais jamais prêté attention.

— Comment ça, « coincés » ?

— Les miroirs ne mentent pas. Ils nous montrent tels que nous sommes. Les fantômes sont donc forcés d'affronter la vérité.

— C'est-à-dire ?

Lara me lance un regard terrible.

— Ils sont morts. Ils n'existent plus. En fait, poursuit-elle en s'installant plus confortablement, on leur sert un peu de miroir. C'est nous qui leur ouvrons les yeux, qui leur expliquons la situation. Une fois qu'on les a amenés à accepter la réalité, il ne reste plus qu'à tirer le fil. Tu devrais toujours porter quelque chose de réfléchissant, ajoute-t-elle. Pour te protéger.

— Me protéger ? De quoi ?

— Tous les fantômes ne sont pas gentils, déclare-t-elle sans ambages. Chaque fois que tu traverses le Voile, tu as un pied dans notre monde, et l'autre dans le leur. Tu te considères peut-être comme une visiteuse, une simple spectatrice, mais en réalité, s'il est assez fort, un spectre peut te blesser. Et il n'hésitera pas, car on possède ce qu'ils convoitent.

— Quoi donc ?

— Une vie, répond Lara en se tapotant la poitrine.

Je repense à la cordelette sombre qu'elle a extirpée du torse du fantôme. Et à l'étrange lumière qui illumine mon corps dès que je me trouve dans le Voile. Celle-là même que j'ai vue dans la poitrine de Lara.

— Tiens ! lance-t-elle d'un ton sec en jetant un coup d'œil derrière moi. Regarde qui voilà.

Je me retourne pour découvrir Jacob, qui nous fusille du regard, caché derrière un arbre. Je me sens tellement soulagée ! J'aimerais pouvoir le serrer dans mes bras mais, dès qu'il voit que je l'ai repéré, il disparaît. Seuls le bout d'une basket et quelques mèches de cheveux blonds dépassent du tronc.

Lara baisse les yeux sur son gobelet.

— Mon thé est froid. Je reviens tout de suite.

Après avoir ramassé son pendentif, elle se lève puis se dirige vers le kiosque au bord de la pelouse, où elle commence à faire la queue tout en consultant son téléphone.

Du coin de l'œil, je perçois de nouveau du mouvement. Un instant plus tard, Jacob se laisse tomber sur le banc à côté de moi. Nous restons tous les deux silencieux un moment. Je lui dois peut-être des excuses, mais lui aussi. Je suis donc soulagée de l'entendre soupirer un : « Je n'aurais pas dû disparaître » alors que je m'apprête à lui demander pardon.

— Règle numéro 16 : interdiction de te rendre là où je ne peux pas te suivre.

— Tiens donc, je croyais que c'était : ne jamais dévoiler la fin d'un film.

— Pas du tout, répliqué-je avec assurance. Ça, c'est la 24.

Il éclate de rire. Comme c'est bon de le voir sourire de nouveau, même si l'atmosphère reste tendue, notre relation encore fragile.

Jacob prend une profonde inspiration avant de se lancer.

— Si je ne t'en ai pas parlé, c'est parce que j'avais peur : et si, dès l'instant où tu apprenais pourquoi les fantômes sont coincés dans le Voile, et comment les en chasser, tu m'envoyais…

— Mais tu n'es pas coincé dans le Voile, toi !

— Je l'étais, me confie-t-il, les yeux baissés.

— Eh bien, tu ne l'es plus. Tu es là, avec moi. Est-ce que tu as envie de partir ?

— Non, répond-il en relevant brusquement la tête. Bien sûr que non.

— Alors pourquoi je te chasserais ? Tu es mon meilleur ami. Ce n'est pas pour rien qu'on est liés…

— Tu crois ? se réjouit Jacob.

J'acquiesce vigoureusement.

— Tu n'es pas un fantôme ordinaire. Si tu veux mon avis, tu es censé m'aider. On est censés former une équipe.

— Comme dans *Tête de mort* ?

— Exactement !

— Dans ce cas, qui fait le chien ? plaisante-t-il.

— On en était où, déjà ? lance soudain Lara, qui vient de nous rejoindre avec un thé bien chaud.

— Elle ne me plaît toujours pas, souffle Jacob en se penchant vers moi.

— C'est réciproque, fantôme, réplique ma camarade, qui se tourne vers lui.

À ces mots, il manque de tomber du banc.

— Elle m'entend ?

— Oui, je t'entends, répond-elle. Et je te vois, aussi. Ce qui ne devrait pas être possible, car tu n'as rien à faire ici.

Impatiente de changer de sujet, je me racle la gorge quand, soudain, je le sens.

L'appel d'un fantôme tout proche.

Lara l'entend, elle aussi : je le devine à la façon dont elle se fige, la tête penchée sur le côté comme si elle tendait l'oreille.

— Alors ? me demande-t-elle en tournant les talons. Prête à découvrir tes pouvoirs ?

CHAPITRE 18

Lara ne cherche pas le Voile, ne griffe pas l'air. Elle se contente de rabattre une main sur le côté, d'un geste net et précis. Aussitôt, le rideau s'ouvre devant elle.

Devant nous.

Avançant d'un pas, je ressens le frisson familier, puis nous voilà de l'autre côté. Nous sommes toujours dans le parc au pied du château, seulement, l'atmosphère est devenue lugubre. Le monde est désormais teinté d'un gris spectral.

Je m'attendais à ce que Jacob reste en retrait, mais je le retrouve là, à mes côtés. Bras croisés, il pousse un soupir et murmure d'une voix tremblante : « Tête de mort. » Je ne sais pas s'il s'adresse à moi ou s'il parle tout seul.

La poitrine éclairée par sa fameuse lumière chaude, Lara époussette ses manches.

Non loin, un homme emmitouflé dans des vêtements d'hiver crie un nom d'une voix aiguë et fluette balayée par le vent.

Il commence alors à neiger, mais pas partout : seulement autour de lui. Quand il se retourne pour sortir du parc d'un pas traînant, le Voile semble s'éloigner avec lui, telle une vague emportant l'hiver.

— Comment... balbutié-je.

— En fait, l'entre-deux n'est pas un endroit précis, m'explique Lara. Il est différent pour chaque fantôme. Comme une sorte de... capsule temporelle. Les spectres se rencontrent parfois, se fondent les uns avec les autres. Mais au bout du compte, chacun habite sa propre bulle, évolue dans son propre espace.

On suit l'homme, qui se fraie à présent un chemin au milieu des amas de neige jusqu'à une maison. Le voyant ouvrir la porte d'un coup d'épaule, Lara accélère. On le rattrape juste avant que le battant ne se referme derrière lui – à peine a-t-on le temps de s'arracher à la tempête pour pénétrer à l'intérieur.

Jacob se place tout de suite devant moi, comme pour faire bouclier, mais l'homme ne se retourne pas. Debout devant la cheminée, il ravive le feu à l'aide d'un long tisonnier. Grand, émacié, les yeux caves sous des cheveux gris ébouriffés, il pourrait nous faire peur si une aura de tristesse, pareille à un halo de fumée, ne se dégageait pas de lui.

— Vous l'avez vu ? grogne-t-il d'une voix rauque.

— Qui ? demandé-je avec douceur.

J'avance d'un pas. Lara lève déjà son pendentif, mais je lui saisis le poignet et secoue la tête.

—Attends, chuchoté-je.

—Pourquoi ? réplique-t-elle tout bas. Pas besoin d'écouter son histoire.

Sans doute pas, mais ça me semble malgré tout important.

L'homme pose ses yeux tristes sur moi et ce qui pend à mon cou.

—Qu'est-ce que tu as là, petite ?

Je lève mon appareil afin qu'il le voie mieux.

—C'est pour prendre des photos.

Une ombre traverse son visage. Il ne sait sans doute pas de quoi je parle. Peut-être vivait-il à une époque où les appareils photo n'existaient pas ? Puis il sort de sa chemise un vieux bout de papier et me le tend.

Un garçon me fixe sur le carré jauni d'une ancienne photographie.

—Mon fils, Matthew, m'explique-t-il. Elle a été prise à la foire d'hiver. Juste avant sa disparition.

Un enfant enlevé en hiver... J'en ai l'estomac tout retourné.

—Ma femme est partie voir sa famille dans le Sud, poursuit l'homme en regardant par la fenêtre. Mais je n'arrivais pas à quitter mon garçon. « Moi, je l'attends », voilà ce que j'ai dit à sa mère. J'attendrai aussi longtemps qu'il le faudra.

Il se laisse tomber dans son fauteuil près du feu agonisant avant d'ajouter, les yeux fermés :

— J'attendrai jusqu'à ce qu'il rentre.

Le vent siffle contre la vitre.

Le souffle de l'homme part en nuée dans l'air. Je frissonne en sentant le froid me gagner.

« J'attendrai aussi longtemps qu'il le faudra. »

Ce que m'a dit Lara sur les fantômes me revient en mémoire : s'ils restent dans le Voile, c'est uniquement parce qu'ils y sont coincés. Penser à cet homme piégé ici, dans ce monde, dans cette maison, dans cette attente sans fin, me brise le cœur, car je sais qu'il ne cessera jamais de guetter par la fenêtre. Tout comme je sais que son fils ne reviendra jamais.

— Cassidy !

La voix de Lara, soudain toute proche, me fait revenir à moi.

Je comprends que le moment est venu.

— Tu as un miroir ? demande-t-elle en me proposant le sien.

— J'ai ça, dis-je en désignant l'appareil photo dans mes mains. Tu penses que ça peut marcher ?

Je retire le capuchon pour lui montrer l'objectif, qui brille quand je l'incline, reflétant ainsi une partie de la pièce.

— On va bien voir, répond-elle, sceptique.

Je jette un coup d'œil à Jacob, resté près de la porte, le visage impassible.

Tu n'es pas comme lui, pensé-je à son attention. *Ta place n'est pas ici, mais avec moi.*

Il se mordille la lèvre, puis hoche la tête. Je reporte alors mon attention sur l'homme assis dans le fauteuil. Le givre se mêle aux poils de sa barbe et le froid blanchit sa peau.

— Si tu vois mon garçon… murmure le malheureux dans un nuage de vapeur.

— Je le renverrai chez lui, l'assuré-je avant de lever mon appareil. Puis-je vous prendre en photo, pour lui montrer ?

Il rouvre les yeux, croise son reflet dans l'objectif… et se fige aussitôt, comme transformé en statue. Souffrance et tristesse ont déserté son visage.

Derrière moi, Jacob étouffe un cri, mais je reste concentrée.

— Tu te souviens des paroles ? me demande Lara.

Je crois.

— Regarde, écoute…

Dès que je commence à parler, le givre recouvre lentement les vitres. Je poursuis donc sur ma lancée :

— Vois et comprends.

Des stalactites pendent à présent au visage de l'homme.

— Voilà ce que tu es vraiment, murmuré-je enfin.

Les contours du fantôme s'atténuent. Sa silhouette entière semble ondoyer dans l'air. Je respire un grand coup pour rassembler mon courage avant de plonger la main dans sa poitrine, d'où je tire un fragile fil gris. Maintenant que je tiens entre mes doigts la vie – ou plutôt, la mort – de cet homme, je comprends enfin ce que Lara entendait par « raison d'être ». Ce qui ne cessait de m'attirer dans le Voile. Ce que je cherchais sans le savoir. Ce dont j'avais besoin.

Cela, précisément.

Le ruban s'effrite dans ma paume, tout comme le malheureux, réduit en cendres, puis à néant.

Jacob, Lara et moi restons sans rien dire dans la petite pièce. Mon ami est le premier à bouger. Il va s'accroupir au pied du fauteuil pour effleurer les derniers grains de poussière.

Au même instant, la pièce commence à s'estomper autour de nous, comme une photo usée par le temps dont les détails s'effacent. Bien sûr ! Maintenant que le fantôme a disparu, il est logique que le Voile se dissipe à son tour.

Je sens la main de Lara sur mon épaule.

— Il faut partir.

Une fois revenus sans encombre dans le monde des vivants, nous rentrons tous les trois à *L'Impasse*.

Jacob et Lara marchent quelques mètres devant moi, le premier bombardant la seconde de questions. Je crois qu'ils commencent à s'apprécier. Ou du moins ont-ils conclu une sorte de trêve.

Restée en arrière, je ressens toujours un étrange picotement dans la main qui serrait le ruban de vie de l'homme. Ou plutôt, sa mort. Je suis triste d'avoir fauché son âme, mais aussi soulagée, comme si je reprenais mon souffle après un long moment d'apnée. L'impression d'être libérée.

Et puis, le tapotement a disparu.

Il ne s'est pas seulement atténué, non. Il s'est volatilisé, laissant derrière lui une atmosphère calme et paisible.

À ce moment-là, je me suis sentie… à ma place.

Je presse le pas pour rattraper Jacob et Lara.

— Quel est le fantôme le plus effrayant que tu aies jamais affronté ? lui demande-t-il.

— Je ne sais pas, répond-elle en se tapotant les lèvres. J'hésite entre William Burke…

— Le… le voleur de cadavres devenu tueur en série ? bredouille mon ami.

— Exactement. Entre lui et cette fillette en jupon que j'ai trouvée dans l'un des caveaux réservés aux pestiférés.

— Un assassin et une gamine, à égalité ?

— Les enfants me fichent la trouille, réplique Lara, désinvolte.

Ces quelques mots me rappellent que…

— Lara ! lancé-je en accélérant le pas. Tu as déjà croisé une femme avec une cape pourpre ?

Toute bonne humeur disparaît aussitôt de son visage.

— Tu parles de la Corneille écarlate ? me demande-t-elle, l'air grave.

— Oui. Tu l'as déjà vue ?

— Une fois, l'hiver dernier, répond-elle, visiblement nerveuse. J'étais venue pour les vacances et je chassais dans l'entre-deux quand je l'ai entendue chanter. Sans même m'en rendre compte, j'ai marché droit vers sa main tendue. Je reviens de loin !

— Mais tu t'en es sortie.

— J'ai eu de la chance que ma tante soit dans les parages. Quand elle m'a appelée, le sort a été brisé. J'en ai profité pour me libérer au plus vite et quitter l'entre-deux. Depuis, je fais vraiment très attention. Pourquoi cette question ? me demande Lara en plissant ses yeux sombres. Tu as croisé son chemin, toi aussi ?

Me voyant acquiescer, elle tend brusquement la main et m'arrête net.

— Tu ne dois pas t'approcher d'elle, compris ? insiste Lara d'une voix tremblante qui ne lui ressemble pas. Tu te rappelles ce que je t'ai dit sur nos vies convoitées par certains fantômes ? (Elle porte la main à sa poitrine, là où brille sa lumière à l'intérieur du Voile.) Eh bien, la Corneille en fait partie. Elle se nourrit des rubans des enfants qu'elle enlève. Comme ces fils sont petits et fins, elle doit en manger beaucoup rien que pour conserver son apparence. Mais si elle attrapait une vie comme la tienne, ou la mienne – une source lumineuse –, les conséquences seraient catastrophiques !

Je frissonne à cette idée.

— Fais ton boulot, fantôme, lance-t-elle à Jacob. Protège-la.

— Plus facile à dire qu'à faire…

Nous grimpons la colline qui nous ramène à *L'Impasse*.

— Je ne comprends pas, poursuit Lara, à moitié pour elle-même. Ce n'est pas du tout la bonne saison.

— Je sais.

Ce détail me perturbe, moi aussi. Qu'a dit Findley, déjà ? Ah oui : « *On ne la croise que l'hiver.* » Je repense à la rivière, à ma chute dans les flots glacés. Au froid qui me gagne chaque fois que je traverse le Voile. À la teinte bleutée de la lumière dans ma poitrine.

— C'est peut-être lié à la façon dont je…

J'ai toujours du mal à le formuler à voix haute, même devant Lara. Je change donc de stratégie.

— Qu'est-ce que tu ressens quand tu franchis le Voile ?

— Je plonge dans un épais brouillard, comme si j'avais de la fièvre, répond-elle après un instant de réflexion. Un jour, je suis tombée malade, très malade. J'étais dans un état critique. Je n'arrivais pas à rester éveillée. Voilà ce que je ressens : j'ai l'impression de rêver, mais pas de manière agréable.

Je hoche la tête.

— Moi, soit je tombe dans une rivière glacée, soit je suis prise de frissons. Si la Corneille aime le froid, alors peut-être que je l'attire.

— Peut-être… Raison de plus pour ne pas t'approcher d'elle. Si jamais tu la vois, bouche-toi les oreilles, sors du Voile et, par pitié, gémit Lara en désignant mon appareil photo, trouve-toi un vrai miroir !

Juste avant d'arriver à *L'Impasse*, je repère un homme qui se dirige vers nous d'un pas tranquille. Sa couronne de cheveux roux flamboie au soleil. En le reconnaissant, je m'arrête net.

— Oh, oh… lance Jacob.

— Tiens donc ! lâche Findley en regardant ma camarade. Mademoiselle Chowdhury… Je ne vous voyais pas enfreindre les règles.

— Je n'ai enfreint aucune règle, réplique-t-elle en se redressant, plus guindée que jamais.

Avec ce vent, je suis complètement décoiffée. Comment se fait-il que sa tresse noire n'ait pas bougé ?

— Qu'est-ce que vous faites là, Findley ? couiné-je.

— Je te retourne la question. Tes parents m'ont envoyé voir comment tu allais… mais je ne t'ai pas trouvée.

— Je leur avais plus ou moins promis de ne pas sortir, expliqué-je à Lara avant de me retourner vers notre guide. On s'est juste absentées quelques minutes, histoire de prendre l'air.

— Ah oui ?

Une lueur de malice, que je connais pour l'avoir déjà vue une centaine de fois dans le regard de ma mère, brille dans ses yeux.

— Je vais avoir des ennuis ?

— Oh, flâner un peu n'a jamais fait de mal à personne, répond-il aimablement.

À vrai dire, je suis à peu près certaine du contraire, surtout dans une ville inconnue remplie de fantômes voleurs d'enfants, mais j'apprécie l'intention.

— Tu sais quoi ? ajoute-t-il en levant son gros doigt. Je ne raconterai rien à tes parents à une condition.

— Laquelle ?

— Ils m'ont envoyé voir si tu t'étais remise de tes émotions et si tu te sentais d'attaque pour les rejoindre au château.

— Je n'avais pas peur, répliqué-je.

— Il n'y a aucune honte à avoir peur. En revanche, ça ne sert à rien de fuir. Viens avec moi. Si j'arrive à te faire changer d'avis, je serai accueilli en véritable héros. Vous êtes aussi la bienvenue, mademoiselle.

Je jette un coup d'œil à Lara, qui hausse les épaules.

— Je passe mon tour. Le château est en effet un lieu fascinant, ajoute-t-elle en nous fixant, Jacob et moi, d'un regard grave. Mais n'oublie pas ce que je t'ai dit.

— Sinon, on pourrait rentrer à l'appartement lire des bandes dessinées bien au chaud en mangeant des petits gâteaux, lance mon ami.

Devant mon air hésitant, Findley insiste.

— Écoute, tu ne peux pas quitter Édimbourg sans avoir vu le château.

— Ah, mais on l'aperçoit très bien d'ici, raille Jacob en montrant du doigt le monument perché sur la falaise.

— Tu n'es pas curieuse de le visiter ? Pas du tout ? poursuit notre guide.

Bien sûr que si. D'autant que je ne suis jamais entrée dans un château. En plus, j'ai encore l'esprit empli du discours de Lara sur notre « raison d'être », et les mains toutes chaudes d'avoir chassé le fantôme dans la maison.

— Alors, qu'est-ce que tu décides ? me demande Findley.

Je jette un regard interrogateur à Jacob.

J'ai envie d'y aller, mais j'aimerais que mon ami m'accompagne – et pas seulement pour éviter de rester coincée dans le Voile. Je me sentais toute chose ce matin, sans lui. J'avais l'impression d'avoir perdu mon ombre.

Sauf que Jacob est bien plus que mon ombre : c'est aussi mon complice. Et en tant que partenaire de l'héroïne (*ou héros tout court*, me corrigé-je devant son regard outré), il devrait avoir son mot à dire.

À toi de décider. Si tu ne veux pas y aller, rien ne nous y oblige.

Peut-être tenait-il simplement à être consulté, car il lève les yeux au ciel puis m'adresse un grand sourire.

— Tu sais quoi ? J'ai déjà lu toutes les bandes dessinées et je ne peux pas manger de gâteaux.

Je lui rends son sourire avant de me tourner vers Findley.

— C'est d'accord. En route pour le château !

CHAPITRE 19

Du haut de sa falaise, le château d'Édimbourg domine les environs. Lorsque nous commençons à monter les larges marches en pierre, il semble nous observer, ombre gris foncé se découpant sur un ciel gris clair.

Findley profite de l'ascension pour me parler des nombreux fantômes célèbres du château. On ne l'arrête plus. À chaque anecdote, ses yeux brillent davantage. Il est question d'un joueur de cornemuse égaré dans les tunnels, de soldats morts au cours d'un siège, d'un joueur de tambour sans tête, de prisonniers abandonnés dans les caveaux, d'une femme accusée de sorcellerie et brûlée sur un bûcher… Le Voile s'alourdit à mesure que les récits et les marches s'égrènent, chargé du poids de l'histoire et des souvenirs. Chargé de ce qui n'est plus là sans avoir totalement disparu.

Guidés par Findley, on franchit des douves vides avant de pénétrer par le portail dans l'enceinte du château. Pour moi, ce mot désignait une gigantesque maison, mais nous voilà au milieu d'une ville miniature.

Toujours à l'extérieur, de hautes murailles de pierre doublées d'un réseau de bâtiments plus bas aux toits tantôt pentus, tantôt plats se dressent autour de nous. L'ensemble paraît tout droit sorti d'un conte médiéval.

—Cool… chuchote Jacob.

Le rideau gris du Voile flotte à la périphérie de mon champ de vision. Si je le traversais ici, que verrais-je ? Je sens la curiosité grandir en moi. Non, c'est plus que de la curiosité : c'est ma raison d'être, je le sais désormais. Mon cœur s'emballe et mes doigts se referment sur mon appareil photo.

Je ne prends conscience de m'être arrêtée qu'au moment où Findley se retourne.

—Par ici !

Il nous fait passer sous ce qu'il appelle une « herse » – une porte semblable à une mâchoire hérissée de dents pointues en acier.

On grimpe, encore et encore, jusqu'au sommet, où nous attend une cour cernée de canons et truffée de monde. À l'évidence, les producteurs n'ont pas réussi à obtenir la fermeture d'un lieu aussi touristique pour le tournage.

—Je ne les vois pas, lance Jacob.

Mais notre guide file déjà vers les remparts. Je ne comprends pas ce qu'il regarde, jusqu'à ce que je m'approche à mon tour et découvre la vue depuis le mur de pierre.

« Vue » n'est pas le bon mot. Il ne rend pas justice au spectacle qui s'étale sous nos yeux : toute la ville s'étend tel un tapis à nos pieds.

— Ça alors ! s'exclame Jacob.

— Ça alors ! ne puis-je que répéter bêtement.

— Tu vois ? lance Findley, rayonnant. Je t'avais bien dit que ça valait le détour.

Et comment !

Le paysage est à couper le souffle. Pour une fois, je ne dégaine pas mon appareil photo : impossible de m'y résoudre quand je sais déjà qu'aucune image ne reproduira jamais vraiment ce que je vois. Appuyée sur les remparts, je me contente donc d'embrasser le panorama du regard. Le Voile frémit et ondoie autour de moi. Les yeux fermés, j'imagine le pas lointain des soldats, les coups de canon, la mélodie funèbre d'une cornemuse et… un chant.

Je frissonne.

Tu entends ? demandé-je en silence à Jacob.

— C'est sûrement le vent, répond-il, distrait.

Il se trompe. À cette hauteur, bien sûr que l'air siffle autour de nous, mais je fais confiance à mes sens.

Cette voix…

Je la reconnais à la façon dont elle résonne au fond de moi. J'essaie de me rappeler les paroles de Lara, ses mises en garde, seulement mes pensées ne cessent de m'échapper. Je dois m'y accrocher pour les empêcher de partir à la dérive.

— Cass ?

Jacob agite une main translucide devant mon visage.

Je cligne des yeux – le chant s'estompe, bientôt remplacé par le sifflement aigu de la brise. Mon ami avait sans doute raison, finalement. Peut-être me suis-je laissé berner par le vent.

Je m'écarte des remparts juste au moment où retentit une explosion.

Je sursaute et chancelle mais, cette fois, il est évident que je ne suis pas la seule à avoir entendu la déflagration. L'air vibre encore autour de nous et un panache de fumée s'élève non loin.

— Le canon de 13 heures, explique Findley avec un sourire, comme s'il était parfaitement normal de déclencher un tir d'artillerie lourde en pleine journée. Allez, viens. On ferait mieux de rejoindre tes parents.

Je sors de ma poche le planning de tournage de l'émission. « Château », est-il simplement inscrit. Pas très utile, étant donné que la bâtisse en question occupe toute une colline.

— Vous savez où ils sont ? demandé-je à notre guide.

— Non. Mais on ne devrait pas avoir trop de mal à les retrouver. Je parierais sur la caserne ou la prison.

En effet, maintenant qu'il le dit, ça me paraît logique. Mes parents ne sont pas venus admirer les joyaux de la Couronne, les cuisines, ou la chapelle de Saint Margaret – autant de sites fièrement annoncés par divers panneaux et pancartes. Non, ils explorent forcément la partie la plus sombre de l'histoire du château.

On coupe par le bâtiment le plus proche, qui, d'après la banderole accrochée au mur, abrite la salle du banquet. J'ai l'impression de me retrouver plongée dans la Grande Salle de *Harry Potter*.

— Poulard ! lance Jacob d'une voix triomphante. Quibbitch ! Coupesouffle !

Il n'a jamais lu les livres, ce qui me rend folle, et il le sait. Mais bon, ce n'est pas comme si j'avais le temps de tourner dix mille pages pour ses beaux yeux… Du coup, j'ai craqué et je lui ai montré les films.

— On se croirait dans la scène avec Tumbledore et le Chapeau magique ! s'exclame-t-il, tout joyeux.

Bon, il ne devait pas être très attentif…

En sortant de la salle du banquet, on pénètre dans une autre cour, plus petite, où le charme est rompu par des panneaux indiquant les toilettes et un café pour touristes.

— Pas mal pour casser l'ambiance ! raille Jacob.

Je profite de ce que Findley s'achète un thé noir à emporter pour regarder autour de moi. L'ambiance ici me paraît tellement différente de celle du Mary King's Close ! Peut-être à cause du nombre de touristes, ou du fait qu'on est en extérieur… D'après mon guide personnel, ce lieu est sans aucun doute hanté. Je sens d'ailleurs le Voile, même s'il ne me semble pas menaçant. Le tapotement des fantômes, léger et régulier, s'apparente plus à une légère bruine qu'au déluge.

Je me trompe ou cet endroit est beaucoup moins effrayant que le Mary King's Close ? demandé-je à Jacob en pensée.

— Chut ! siffle-t-il. Tais-toi !

Pourquoi donc ?

— Tu vas nous porter la poisse.

Je lève les yeux au ciel.

Dès l'instant où nous quittons la cour pour descendre dans la prison, l'agréable sentiment d'évoluer dans un lieu moins hanté disparaît, comme échappé par une fenêtre ouverte.

D'ailleurs, l'air se fait soudain si glacé que j'en frissonne. Les plafonds sont bas, les murs traversés par des barres de fer, et le fond des cellules est couvert de messages visiblement gravés avec les ongles. J'en ai la chair de poule.

— C'est ta faute, râle Jacob, renfrogné.

— Je ne nous ai pas porté la poisse, chuchoté-je. Le château était déjà hanté, je te rappelle.

— Peut-être, réplique-t-il avec un regard noir. Mais tes remarques n'ont pas arrangé les choses.

Je m'apprête à lui répondre que je n'y suis pour rien quand le Voile s'enroule autour de moi, essayant de m'entraîner de l'autre côté. Entre-temps, le doux tapotement s'est transformé en un martèlement frénétique. Je recule de quelques pas en direction de la cour, qui me semble un endroit plus sûr. C'est alors que j'entends la voix de mon père, celle qu'il utilise en cours.

—Nous voilà passés d'une ville souterraine à une forteresse dans les hauteurs. Au sommet de sa plateforme rocheuse, le château d'Édimbourg monte la garde depuis près de quatre mille ans…

—Avec une si longue histoire, intervient ma mère, pas étonnant qu'il abrite autant de fantômes…

Bien sûr, leurs voix ne viennent pas de la vaste cour derrière nous, garantie sans esprits, mais du bout du couloir, plus avant dans la prison.

Comme s'il avait deviné que je comptais filer, Findley plaque sa grande main dans mon dos et me pousse vers l'obscurité. On retrouve mes parents dans une cellule, où la lumière des spots projette des ombres découpées par les barreaux.

—On enfermait ici des prisonniers de guerre, poursuit ma mère. En regardant bien, on peut discerner leurs messages désespérés griffonnés sur les murs. Évidemment, ce ne sont pas là les seuls souvenirs qu'ils ont laissés.

Comme par un fait exprès, j'entends soudain un petit bruit – on dirait un poing cognant contre des barreaux. J'agrippe mon appareil photo.

Personne d'autre ne semble l'avoir remarqué.

—Et… coupez ! crie un des membres de l'équipe.

Ma mère se fend d'un sourire dès qu'elle nous aperçoit.

— Cass !

— Je te reconnais bien là, ajoute mon père. Bravo, Findley, d'avoir réussi à la convaincre !

— Ce n'était pas bien difficile, réplique-t-il en me lançant un regard de conspirateur. Elle commençait à s'ennuyer.

— Tu as raté les caveaux, m'apprend ma mère en passant un bras autour de mes épaules.

J'essaie de paraître déçue, même si je suis en fait soulagée.

Je le suis encore davantage quand tous rassemblent leur matériel et qu'on sort de la prison pour regagner l'air libre. Alors que l'équipe se dirige vers le lieu de tournage suivant, la caserne du château, je ralentis le pas. Non parce que je prends peur, mais à cause de la musique, aiguë, douce et envoûtante.

— Regarde, c'est juste un joueur de cornemuse, me rassure Jacob.

En effet, là-haut sur les remparts, un homme en kilt souffle une mélodie plaintive dans son instrument.

Rien de louche. Alors, pourquoi cet étrange pressentiment ? Peut-être que je me fais des films, comme dirait ma mère. Les monstres dans le placard, les silhouettes dans le noir… Je suis sans doute encore à cran après mon aventure avec le fantôme de ce père dans la maison glaciale. Secouée par cette histoire de mission.

Il faut bien avouer que c'était une expérience troublante.

Arrivé devant une porte, mon père se retourne vers moi.

— Cass ? Tu viens ?

— Je vous rattrape ! lancé-je en montrant d'un signe de tête le panneau des toilettes.

Jacob m'attend dehors. Après avoir protégé l'objectif et posé mon appareil photo sur une étagère à côté du lavabo, je m'asperge le visage d'eau. Une fois calmée, je reprends mon appareil dans un soupir et ressors.

Mais mon ami n'est plus là.

Jacob ? appelé-je dans ma tête, puis tout haut :

— Jacob ?

Pas de réponse.

C'est comme s'il avait encore disparu. Seulement, je sais qu'il ne recommencerait pas, pas après l'épisode de ce matin.

— Jacob ? crié-je de nouveau, plus fort.

Juste à ce moment-là, le joueur de cornemuse s'arrête de jouer, si bien que la voix de mon ami me parvient, faible et fluette :

— *Cassidy...*

Je me retourne pour scruter la cour. *Où es-tu ?*

Où se cache-t-il ? Pourquoi sa voix me paraît-elle si lointaine ?

C'est alors que je comprends... Le Voile. Mais pourquoi l'aurait-il traversé sans moi ?

J'arrive ! pensé-je, la main tendue vers le rideau gris.

— *Reste où...*

La phrase s'interrompt brusquement. Sans plus attendre, je fends le tissu et bascule d'un monde à l'autre.

Eau glacée, peau engourdie, poumons vidés… Ça y est, j'ai traversé.

Mes yeux mettent une fraction de seconde à s'adapter au monde teinté de gris et à la lumière au creux de ma poitrine. Aux touristes tout à coup remplacés par des soldats fantômes qui défilent dans la cour du château. Au visage paniqué de Jacob, visible un court instant avant que celui-ci soit tiré en arrière vers les cachots.

Je réagis sans réfléchir.

Il ne me vient pas une seule seconde à l'esprit de m'enfuir, de courir dans une autre direction que celle que vient d'emprunter mon meilleur ami.

— Jacob ! crié-je en me précipitant derrière lui.

Par la suite, je regretterai beaucoup de décisions prises en cet instant. Comme le fait de foncer tête baissée, sans plan défini. Et sans prendre la peine de retirer le protège-objectif de mon appareil photo.

Mais à ce moment précis, je n'ai qu'une seule idée en tête : sauver mon ami.

Je plonge donc dans les ténèbres de la prison, où les cellules ne sont plus vides. Pourtant, je ne prête aucune attention à ces hommes aux uniformes déchiquetés qui s'agrippent aux barreaux, car Jacob est là, cloué à même la pierre par une demi-douzaine d'enfants.

Deux d'entre eux semblent tout droit sortis d'un tableau ancien, un troisième est vêtu de haillons. Les autres, d'allure plus moderne, pourraient être des camarades de classe. Tous ont comme unique point commun la froide pâleur de leur peau – et le fait de s'en prendre à mon ami.

Des mains le bâillonnent et des genoux lui écrasent les poignets. Un garçon couvert de givre s'est assis sur son torse afin d'aider les autres à le maintenir au sol.

— Lâchez-le ! hurlé-je en me ruant vers la cellule.

Soudain, Jacob parvient à se libérer de ceux qui le font taire. « Fuis ! » a-t-il tout juste le temps de crier. Mais je ne peux pas, ou plutôt je ne veux pas... Pas sans lui !

— Éloignez-vous de mon ami ! grondé-je.

Je lève mon appareil photo d'un geste menaçant, seulement, je n'ai pas retiré le protège-objectif. Avant que je puisse esquisser le moindre geste, une main me saisit le poignet.

— Désolée, mon cœur, me chuchote quelqu'un à l'oreille. Ils n'écoutent que moi.

La main resserre sa prise et me retourne d'un coup sec. L'espace d'un instant, je ne vois que le rouge de sa cape. Apparaissent ensuite des boucles noires lustrées, une peau blanche et des lèvres pourpres qui s'étirent en un doux sourire.

— Bonjour, ma chérie, roucoule la Corneille écarlate.

Je sais bien qu'il faut que je lutte, mais je n'y arrive pas avec ses doigts qui me retiennent, son regard planté dans le mien, et sa voix qui résonne dans ma tête comme une musique.

— Vous… murmuré-je.

Impossible de rester concentrée.

La jeune femme glisse son autre main sous mon menton pour lever mon visage vers le sien.

— Tant de lumière, tant de chaleur…

— Cassidy ! hurle Jacob.

Je retrouve aussitôt mes esprits… Trop tard. La Corneille écarlate se métamorphose sous mes yeux.

Sa cape claque violemment, comme soulevée par une rafale de vent, à mesure que ses doigts se durcissent telles des serres. Son sourire se transforme en un rictus cruel, et la voilà qui plonge la main dans ma poitrine.

Une vague de froid me submerge alors. Un froid qui me glace le sang, pire qu'au fond de la rivière. J'ai l'impression que des doigts gelés m'étreignent le cœur.

Incapable de parler, incapable de respirer, je ne peux que regarder, impuissante, la Corneille agripper au creux de ma poitrine un ruban de lumière bleutée : ma lumière… ma vie.

Lorsqu'elle l'arrache soudain, tout devient noir.

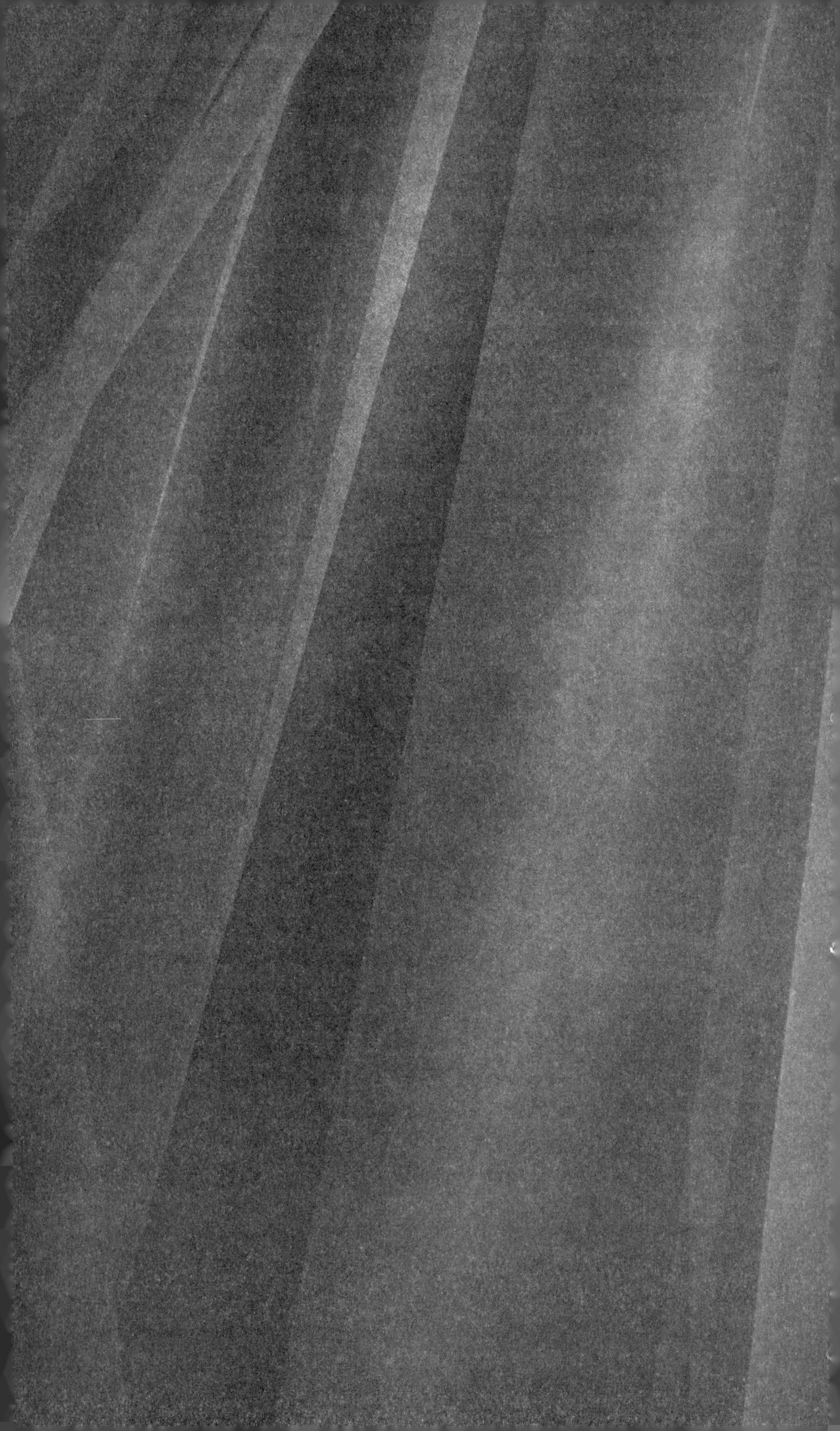

PARTIE 4

LA CORNEILLE ÉCARLATE

CHAPITRE 20

— Cass… Cassidy ! Bon sang, Cassidy, réveille-toi !
J'ouvre les yeux : tout est gris.

Il me faut quelques secondes pour me rappeler où je me trouve, puis plusieurs autres pour comprendre que je suis allongée sur le dos, au fond d'une cellule. Je contemple les pierres sombres du plafond.

Jacob se tient accroupi à mes côtés, les ongles plantés dans mon épaule. Quelque chose cloche : non seulement je sens ses doigts, mais en plus il me fait mal. Sa main est ferme sur mon bras. Comme si elle était faite de chair et d'os.

— Qu'est-ce qui s'est passé ?

J'ai du mal à parler et mon ami m'aide à me redresser. Quand je baisse les yeux sur mon corps, je pousse un hoquet de surprise. Ma peau est pâle, ternie comme sur une vieille photographie. Je ressemble à présent à Jacob et à tous les fantômes du Voile. Mais ce n'est pas le manque de couleur qui me bouleverse, c'est l'absence de lumière. La lueur au sein de mes côtes, la spirale bleutée, elle a disparu.

Alors, seulement, tout me revient : la Corneille écarlate, sa main plongée dans ma poitrine… le ruban brillant enroulé autour de ses doigts.

Puis un autre souvenir surgit dans mon esprit : Lara qui porte la main à sa propre poitrine.

« On possède ce qu'ils convoitent. »

« Si elle attrapait une vie comme la tienne… les conséquences seraient catastrophiques ! »

Je me relève en titubant, étourdie.

— Où est-elle ?

Autour de nous, les cellules sont remplies de prisonniers mais je n'y prête pas attention. Je m'efforce de monter l'escalier, d'un pas chancelant, pour sortir dans la cour du château.

Celle-ci grouille de soldats fantômes armés de baïonnettes, d'hommes en costumes ajustés et de femmes en robes corsetées. Mais nulle trace de la Corneille.

Je tends la main pour saisir le Voile, l'écarter d'un coup sec et retourner dans le monde des vivants. Hélas, mes doigts se referment dans le vide.

Oh non, pitié…

— Cassidy !

Surtout, rester concentrée. Les yeux fermés, j'essaie d'imaginer le tissu gris sous mes doigts, le rideau effleurant mes paumes et…

J'attrape une matière, fine mais réelle.

Je rouvre alors les yeux et pousse un soupir frémissant à la vue du Voile dans mes mains.

Pourtant, quand je tente de l'écarter, il ne me laisse pas passer.

Je ne trouve même pas d'ouverture dans le tissu. Et pour cause : il n'y en a pas. Celui-ci s'enroule autour de mes doigts, pliant légèrement sous la pression, mais j'ai beau tirer, rien n'y fait. Je finis par me jeter contre l'étoffe grise, qui ploie sans toutefois céder.

Pas étonnant que les fantômes aient tant de mal à accéder à notre monde, à y laisser une quelconque trace…

Sauf que je ne suis pas comme eux. Je suis une intermédiaire, moi. Une passeuse, une chevaucheuse de Voile, avec un pied de chaque côté.

Ce qui veut dire que je peux revenir dans mon monde. Je dois en être capable.

Jacob me parle, mais je ne l'entends pas à cause de la panique qui bourdonne dans mes oreilles, à la manière d'un bruit blanc. Et de ma stupeur quand je l'aperçois.

Elle se tient à l'autre bout de la cour, de l'autre côté du Voile. Je la vois pourtant très clairement, comme si on avait découpé une fenêtre dans le brouillard. Sa cape rouge, ses cheveux noirs… et surtout la lumière de ma vie enroulée autour de sa main.

La Corneille me regarde à travers la séparation entre les mondes et me sourit. Puis elle se retourne et disparaît dans la foule.

Pas question de la laisser s'en tirer. Pas question de la laisser s'échapper.

Trop tard. Elle est déjà partie, et me voilà réduite à passer ma rage sur le Voile, qui durcit jusqu'à se transformer en mur sous mes poings.

La voix de Jacob me parvient enfin.

—Je suis vraiment désolé, Cass. J'ai essayé de te prévenir que c'était un piège. Tu n'aurais pas dû me suivre.

—Je n'avais pas le choix.

Ma voix semble toute fluette, même à mes oreilles. Je baisse de nouveau les yeux sur mes mains : elles ne sont pas aussi brillantes qu'elles devraient l'être. Pas aussi colorées. Pas aussi réelles.

Non. Non. Non. Ce mot tourne en boucle dans ma tête. Je ne sais pas si c'est le déni ou le fait que, piégée dans le Voile comme tous les autres fantômes, je ne peux pas affronter la vérité. À savoir que sans cette lumière, sans cette vie, je suis… le contraire de vivante. Je suis mor…

—Non ! s'écrie Jacob avec une énergie nouvelle. Tu n'es pas « le contraire de vivante ». Juste temporairement dépourvue de vie. Ces deux états n'ont absolument rien à voir. Dans l'un, tu as disparu pour toujours, tandis que dans l'autre, tu t'es simplement égarée. Donc tout ce qu'il nous reste à faire, c'est retrouver ta vie et la récupérer.

D'habitude, c'est moi qui arrache Jacob à ses pensées morbides… Et même s'il force un peu trop le trait pour me convaincre, ses efforts me réchauffent le cœur, me donnent un espoir auquel me raccrocher.

— Cassidy ?

Je me retourne en entendant mon nom. La voix vient de loin, et elle a beau ressembler à un gémissement aigu à travers le Voile, je la reconnaîtrais entre mille. *Maman.*

Ma panique prend alors une tout autre dimension.

— Maman ! crié-je.

Ma voix sort assourdie. Comment pourrait-elle m'entendre ?

Appuyée contre le Voile, je m'efforce de voir, au-delà du monde des morts, celui des vivants. J'ai l'impression de plonger le visage dans un bol d'eau : plus d'oxygène, et une sensation de vertige.

— Cassidy ?

Cette fois, c'est mon père qui m'appelle. Il parle d'abord d'une voix normale, comme s'ils m'avaient simplement perdue de vue. Comme si je m'étais encore un peu trop éloignée. Par la suite, chaque fois que mes parents prononcent mon nom, leurs voix se crispent davantage, montent dans les aigus et se teintent d'inquiétude.

— Je suis là ! hurlé-je.

Dans la cour, des têtes se tournent dans l'assemblée aux habits démodés, mais de l'autre côté du Voile, mes parents continuent de m'appeler.

Je peux les voir, les entendre, mais pas eux.

Lara ne m'a pas menti, je le comprends enfin : les spectres ne choisissent pas de demeurer dans le Voile, ils y sont bel et bien piégés.

« *Tu ne t'imaginais quand même pas que les esprits restaient dans l'entre-deux de leur plein gré ? Ils ne peuvent pas en sortir, tu sais ?* »

Mon père tire son portable de la poche de son manteau. Le cœur battant la chamade, je fouille dans la mienne à la recherche de mon téléphone et le serre à en avoir mal aux doigts, même si je sais déjà que c'est peine perdue.

Mon père compose mon numéro et attend, mais le portable dans ma main ne sonne pas. Soudain, Findley apparaît à ses côtés. C'est tout juste si je perçois son accent écossais à travers le mur qui s'épaissit.

— Elle ne doit pas être très loin…

Il ne croit pas si bien dire.

— On va la retrouver… poursuit-il.

Désespérée, je me tourne vers Jacob.

— Il faut absolument que tu attires leur attention. Que tu leur fasses signe là-bas. Je t'en prie !

— Cass… réplique-t-il, le visage blême. Je n'ai jamais réussi à…

— S'il te plaît, le supplié-je. Essaie, au moins.

Il ferme un instant les yeux avant d'acquiescer.

— D'accord. Reste ici.

Comme si j'avais le choix…

Il tâte d'une main le Voile, qui se manifeste sous ses doigts – le tissu semble solide, mais aussi souple et flexible. L'espace d'un instant, lorsque Jacob l'écarte et que le brouillard s'estompe, j'aperçois le monde qui se trouve au-delà. Je me prends à espérer.

Puis le bras de mon ami se met à trembler. Repoussé par le rideau, il recule, chancelant, et mon cœur se serre.

— Je ne comprends pas, avoue-t-il en se frottant les doigts.

Moi, si.

Tous les deux, on a toujours été étroitement liés. Certes, il pouvait traverser le Voile, mais dans ce temps-là j'en étais moi-même capable. Il pouvait visiter mon monde, et moi le sien. Maintenant que je suis piégée ici, lui aussi.

Un soldat fantôme surgit soudain devant nous, me bloquant la vue. Aussitôt, le Voile ondule, et le paysage derrière lui s'évanouit comme dans un rêve.

— Ce n'est pas un endroit pour les enfants, grommelle le spectre en désignant la cour du château. Filez, ou je vous jette en prison !

La voix de mes parents s'estompe.

— Attendez ! crié-je.

Je tente d'esquiver le garde, en vain. Il m'attrape par le col et me pousse en arrière, contre Jacob. On s'affale tous les deux sur les pavés sous le regard noir du soldat. Mon ami se redresse et m'aide à me relever.

— Viens, me chuchote-t-il à l'oreille. On ne peut pas rester là.

Peut-être, mais pas question d'abandonner mes parents non plus.

— On va trouver une solution, insiste-t-il en me serrant dans ses bras.

Sa voix est une ancre. Ses mots, un radeau.

— Tu as raison.

Il faut que je récupère ma vie, et vite.

Je me dégage de son étreinte, puis je me force à gagner le portail du château, loin de mes parents, de Findley et de l'équipe de tournage. Loin de mon nom qui flotte dans l'air comme un écho. Jacob n'a pas besoin de me demander où on va. Comme il lit dans mes pensées, il connaît déjà la réponse.

On va chercher de l'aide.

CHAPITRE 21

Parfois, on sait où chercher de l'aide. D'autres fois, auprès de qui. D'autres fois encore, refuge et protecteur sont inextricablement liés.

On traverse en courant le domaine du château avant de franchir la herse, puis le portail, direction *L'Impasse*… où j'espère trouver Lara.

On dévale le grand escalier, qui nous mène en haut du Royal Mile. L'autre Édimbourg a bel et bien disparu derrière le rideau. Ici, à l'intérieur du Voile, une ville plus étrange et plus ancienne prend forme, débordante non de vie mais de mouvements. De présences.

La voilà, la ville aux mille fantômes. La vraie.

Ils sont partout, certains en tenues modernes, d'autres en habits démodés. Et alors qu'une dizaine de scènes différentes se déroulent sous mes yeux, je suis obligée de reconnaître qu'une fois encore, Lara avait raison : chaque spectre est piégé dans sa propre époque, sa propre boucle temporelle.

Ici, des silhouettes en deuil se rassemblent sous un océan de parapluies. Là, une femme en robe longue pousse un landau et s'extasie devant son contenu, caché à notre vue. Juste à côté, plusieurs hommes en kilt passent d'un pas titubant. Leur accent est tellement prononcé que je ne les comprends pas.

— Reviens ici ! hurle quelqu'un.

Croyant qu'on s'adresse à moi, je me retourne, mais la seconde d'après, un garçon file devant nous, une miche de pain à la main. Le vendeur se lance à la poursuite du voleur, qui fonce dans la rue où s'avance une calèche.

Je tends le bras pour le rattraper… Trop tard. Il trébuche et le cheval se cabre. Les yeux fermés, j'attends le fracas, les hurlements, mais rien ne vient. Un instant plus tard, garçon, homme, cheval et calèche ont tous disparu. Quelque part, la boucle redémarre.

— Viens, Cass, dit Jacob en me prenant la main.

Au moment de quitter le Royal Mile, le monde vacille et change, comme si l'on se déplaçait de pièce en pièce dans une maison infinie. Tantôt elle semble déserte, comme une toile vierge et grise, tantôt les fantômes et leurs souvenirs sont si nombreux qu'il devient difficile de se concentrer.

Une femme en tenue d'une autre époque surgit en trombe d'une maison. Des volutes de fumée s'élèvent d'un bâtiment plus loin dans la rue. Un homme en manteau à capuche conseille aux habitants de ne pas sortir…

Jamais je ne suis restée aussi longtemps dans le Voile. Le monde qui m'entoure devrait commencer à s'obscurcir, pourtant, il s'éclaircit. Je ne me sens ni étourdie, ni troublée, ni perdue, comme toute personne bel et bien vivante le serait normalement après tant de temps passé dans le royaume des morts.

C'est mauvais signe. Je le sais, tout comme Jacob, qui me serre la main tout le long du chemin vers *L'Impasse*. Mais plus on se rapproche du but, plus j'ai le sentiment d'aller dans la mauvaise direction. Ce qui est absurde, j'en ai bien conscience.

Demi-tour ! me disent mes jambes. *Par là*, me soufflent mes bras. *Suis-moi !* m'ordonne mon cœur.

Mais je ne peux pas leur faire confiance au sein du Voile.

Lorsque la pension apparaît enfin, un petit sanglot de soulagement m'échappe. Jamais je n'aurais cru être un jour aussi contente de voir cette porte rouge.

La présence de l'auberge à l'intérieur du Voile n'est pas anodine, mais j'essaie de ne pas trop y penser. Je n'ai pas particulièrement envie de savoir que les derniers instants de quelqu'un y sont probablement ancrés.

J'ouvre le battant d'un geste brusque.

— Lara ! crié-je dans le vestibule.

Jacob m'emboîte le pas dans l'escalier qui mène à l'appartement 1A en s'égosillant à son tour.

Qu'importe qu'elle ne puisse sans doute pas nous entendre à travers le Voile.

Comme la porte est ouverte, on entre. L'intérieur paraît plus vieux, plus étrange, rempli de livres et tapissé d'un papier peint différent. Bien sûr, ce n'est pas vraiment chez Lara. Mais, pour l'instant, c'est ce qui s'en rapproche le plus. J'espère que ça suffira…

Appuyée contre le Voile, je tente de voir à travers le tissu, qui semble s'épaissir un peu plus à chaque seconde. Quand le monde de l'autre côté finit par apparaître, il est flou. J'ai l'impression de fixer deux morceaux de pellicule pas tout à fait alignés.

Mon cœur se serre car, voilé ou non, cela ne change rien : l'appartement est désert.

Je devrais être surprise, mais ce n'est pas le cas. Je savais qu'elle ne serait pas là. Comment ? Aucune idée.

— Bonjour, bonjour ! lance derrière moi une voix grave, qui fait sursauter Jacob.

Je me retourne pour découvrir un vieil homme en robe de chambre, la pipe aux lèvres et un livre sous le bras. De toute évidence, c'est un fantôme, sauf qu'il a aussi un côté… solide. Le père endeuillé dans sa maison glaciale, lui, était coincé dans un souvenir. Même quand il me parlait, il m'apparaissait entouré d'un épais brouillard.

Cet homme, en revanche, ne semble prisonnier d'aucune boucle temporelle. Lorsqu'il nous regarde, Jacob et moi, je sens qu'il nous voit réellement.

— Je peux vous aider ? demande-t-il d'une voix affable.

— Je… je cherche Lara, bredouillé-je.

— Ah… Désolé, mais ma nièce n'est pas là.

— Votre nièce ?

— Pardonnez mon impolitesse, je ne me suis même pas présenté ! s'exclame mon interlocuteur, main tendue. Reginald Weathershire. Mes amis m'appellent Reggie.

M. Weathershire… Mais bien sûr ! *L'Impasse* doit être son Voile.

— Cassidy Blake, dis-je en lui serrant la main.

— Lara m'a parlé de vous, répond-il, l'air méfiant. Mais… elle a aussi précisé que vous étiez… comme elle.

À ces mots, il désigne le devant de mon sweat, où devrait briller ma lumière.

— Je ne suis pas un fantôme, m'empressé-je de préciser en prononçant le mot du bout des lèvres. C'est une longue histoire…

— Bonjour, moi c'est Jacob, nous coupe mon ami. Je ne voudrais pas paraître impoli, mais on est un peu pressés. Vous savez où est votre nièce ?

— Non, répond M. Weathershire. Je ne sors pas beaucoup ces derniers temps…

La panique m'envahit et j'ai du mal à respirer. Exactement comme si j'avais les poumons remplis d'eau.

Comment retrouver Lara ? Je tourne en rond, à la recherche d'une solution. Le Voile ne m'apporte aucune réponse. Les yeux fermés, je me force à respirer à fond, concentrée sur l'air qui entre dans mes poumons et la tension dans ma poitrine...

Je me fige soudain. Une tension ? Quelle tension ?

C'est alors que je le remarque : là, juste derrière mes côtes, le même tiraillement que j'ai ressenti le jour de ma rencontre avec Lara. Comme si un fil nous reliait. Je suis bien consciente de ce lien à présent, seulement, il ne me guide pas à l'intérieur de l'appartement mais dans le couloir, en bas de l'escalier.

— Il faut qu'on y aille.

— Où donc ? s'enquiert Jacob.

— Je crois savoir comment trouver Lara.

Je me dirige déjà vers la porte quand une pensée me pousse à me retourner.

De l'autre côté de la pièce, M. Weathershire range son livre sur une étagère. Si j'en crois sa nièce, c'est un fantôme. Il devrait donc être libéré. Cependant, il n'a pas l'air perdu. Ni piégé.

— Pourquoi vous êtes là ? lui demandé-je.

— J'imagine que je ne suis pas encore prêt à faire mes adieux, répond-il en jetant un regard attendri autour de lui.

— Et Lara vous autorise à rester ?

Il se met à glousser.

— Nous avons tous besoin de quelqu'un qui nous voie tels que nous sommes.

Hmm… Peut-être cette fille a-t-elle un point faible, après tout.

— Oui, c'est ça, et moi, je suis Tête de mort, raille Jacob. Dis, Cass, je ne voudrais pas vous interrompre, mais ce qui m'importe, pour le moment, c'est de récupérer ta vie. Et pour ce faire, il faut d'abord la trouver.

Il a raison, bien sûr… Je laisse le fil qui me relie à Lara me conduire dans l'escalier, puis dans la rue. « Suis ton instinct », voilà ce que me dit toujours ma mère. Alors c'est ce que je fais.

Vous êtes-vous déjà tenu au sommet d'une colline ? Spontanément, on a envie de dévaler la pente. Une fois lancées, nos jambes prennent de la vitesse et la pesanteur nous conduit toujours, sans exception, au bas du talus.

C'est l'impression que j'ai en ce moment : comme si Lara se trouvait au pied de la colline et que j'étais attirée vers elle. Tout ce qu'il me reste à faire, c'est donc me fier à mes pieds et avancer.

CHAPITRE 22

— Ça paraît fou, je te l'accorde.

Je profite de notre traversée fantomatique de la ville pour expliquer à Jacob l'étrange attraction que je ressens. Mon ami hausse les épaules.

— Après tout ce qui nous est arrivé, plus rien ne m'étonne ! m'avoue-t-il.

J'éclate d'un petit rire hystérique et mon ami me tapote le dos pour me réconforter.

Autour de nous, le Voile va et vient, des bâtiments se construisent et se déconstruisent, des fantômes passent en vacillant. J'aurais dû écouter mon corps quand il me faisait sentir que je n'allais pas dans la bonne direction. À présent, je me laisse guider. Je ne tente plus de résister à cette petite voix au fond de moi qui me dit d'aller ici ou là. Mes pieds me portent et, à chaque pas, le fil entre Lara et moi se tend, encore et encore, avant de… commencer à se relâcher.

Je m'arrête net.

Pensant m'être trompée de direction, je rebrousse chemin sur quelques mètres, jusqu'à ce que la tension revienne. Puis je refais une tentative mais, où que j'aille à partir de cet endroit, le fil se détend.

C'est donc précisément ici que je suis censée me trouver. Le problème, c'est que « ici » n'existe pas de ce côté du rideau. Le Voile est vide, à l'exception de rues floues et des contours brumeux de lieux qui n'appartiennent pas à ce monde. On croirait admirer un tableau où l'artiste a laissé les traits d'esquisse dans les marges. Car c'est ce qu'est cet endroit : un espace marginal où le Voile et le monde normal ne s'alignent pas.

Les yeux plissés, je tente de distinguer l'autre côté, mais je peine de plus en plus à voir quoi que ce soit derrière le tissu. Tout est flou et…Subitement, une idée me vient.

Mon appareil photo pend toujours à mon cou – ce drôle d'engin, qui voit à la fois un peu mieux et un peu moins bien que l'être humain. Or, tous les appareils photo, quels qu'ils soient, permettent de régler la distance focale et de faire la mise au point sur des détails proches ou lointains. Comme le Voile et le monde normal.

Je place le viseur fissuré devant mon œil, puis tourne l'objectif jusqu'à ce que mon environnement direct se trouble. L'espace d'un instant, l'image entière est floue, mais je continue de tourner l'objectif jusqu'à ce que le Voile, toujours nébuleux, laisse apparaître le monde réel derrière lui, totalement net.

Si on était du côté des vivants, on se trouverait dans une librairie.

« BLACKWELL », annonce un panneau bleu et blanc accroché au mur.

— Suis-moi, lancé-je à Jacob.

Avec sa main sur mon épaule et mon œil collé au viseur, on se faufile dans un dédale de rayons au milieu des clients.

En bas, me souffle la tension dans ma poitrine. Je descends l'escalier, me déplaçant dans ce monde que je peux voir mais pas toucher. Je passe même à travers les flâneurs, comme s'ils n'étaient pas là – mais en réalité, c'est moi qui ai disparu.

Arrivée à l'étage inférieur, je la repère tout de suite. Elle est là, assise à une petite table ronde dans le coin café de la librairie. Elle lit en buvant une tasse de thé.

— Lara ! crié-je.

Pourvu que ses sens soient plus développés que les miens… En la voyant lever les yeux, mon cœur s'emballe, mais elle se replonge aussitôt dans sa lecture.

— Lara, s'il te plaît…

Elle fronce légèrement les sourcils, puis plus rien.

Cette fois, je la pousse de toutes mes forces. Ou du moins, j'essaie, car lorsque ma main touche le Voile, il ressemble davantage à du verre qu'à du tissu. La vitre tremble sans toutefois céder.

C'est alors que Lara se lève, referme son livre et commence à s'éloigner.

Non !

Je la suis hors du café, Jacob sur mes talons.

— Lara, Lara, Lara, Lara, Lara… l'appelle-t-il sans relâche, jusqu'à ce qu'elle tourne dans une ruelle déserte, fasse volte-face et traverse le Voile sans difficulté.

— Quoi ? siffle-t-elle.

Je lâche mon appareil photo, qui retombe au bout de sa sangle. La librairie scintille comme l'image résiduelle d'un flash – elle clignote avant de disparaître.

Mais Lara, elle, est bien là. En chair et en os.

— Donc tu nous as entendus, lance mon ami.

— Oui, je t'ai entendu, fantôme, réplique-t-elle d'un ton sec.

— Mon nom, c'est *Jacob.*

Je coupe court à la discussion.

— Lara, on a un problème.

Reportant enfin son attention sur moi, elle s'apprête à répondre par un sarcasme. Mais, en me voyant grise, délavée et dépourvue de lumière, elle s'arrête net. Pour la première fois depuis notre rencontre, Lara paraît réellement surprise. Moi qui ne pensais pas possible de la décontenancer, j'ignore si je dois me sentir fière ou terrifiée.

— Cassidy… souffle-t-elle.

J'avais beau savoir que mon état actuel s'avérait préoccupant, sa question me désarçonne :

— Qu'est-ce que tu as fait ?

— Rien !

— Je t'avais prévenue, me réprimande Lara, les mains sur les hanches. Je t'avais dit de ne pas t'approcher de la Corneille. Quant à toi, tu étais censé la protéger ! (Elle se retourne vers moi après avoir pris à partie Jacob.) Je te laisse une heure toute seule et tu perds ton fil !

— Tu ne m'aides vraiment pas, là, rétorqué-je en m'efforçant de ne pas laisser transparaître ma panique.

— Qu'est-ce qui t'a pris ? Tu n'avais pas ton appareil photo avec toi ?

Je baisse la tête, penaude.

— J'ai oublié de retirer le protège-objectif...

Elle lève les mains en l'air, agacée, puis soupire en se pinçant l'arête du nez.

— Bien joué... Bon, et comment vous m'avez retrouvée ?

— Je ne sais pas trop. Une sorte de pressentiment. Comme si une corde nous reliait.

Lara plisse les yeux, comme toujours quand elle réfléchit.

— Logique qu'on soit attirées l'une vers l'autre. Après tout, qui se ressemble s'assemble. J'ai senti ce lien, moi aussi, mais je ne m'étais pas rendu compte qu'il pourrait nous être utile...

— Sans vouloir interrompre votre passionnante conversation, intervient Jacob, en ce moment même, Cass est UN FANTÔME !

C'est la première fois que j'entends ces mots prononcés à voix haute. J'en ai la tête qui tourne.

— N'exagère pas, réplique Lara, avant de tenter de me rassurer. Tu es juste coincée dans le Voile. Il faut simplement qu'on récupère ton fil de vie. Raconte-moi exactement ce qui s'est passé.

Je m'exécute. Je lui raconte le château, les gamins effrayants, la Corneille écarlate et la façon dont elle a dérobé mon ruban de lumière. Lara écoute toute l'histoire en silence, les bras croisés et les yeux au ciel. Elle ne bouge pas, même quand j'ai terminé. Un silence gênant s'installe entre nous.

— Dis quelque chose ! la supplié-je.

— Je réfléchis.

— Réfléchis plus vite, la presse Jacob.

Au même moment, un frisson me parcourt. L'espace d'un instant, ma poitrine se serre et le monde s'obscurcit. J'ai si froid que je crains de ne plus jamais pouvoir me réchauffer.

— Cass ? Qu'est-ce qui se passe ? s'inquiète mon ami.

— Je ne sais pas, dis-je en essayant de contenir le tremblement de ma voix.

Je regarde mes mains – elles me semblent plus grises encore.

— Tu as vraiment sale mine, insiste Lara, sa propre lumière étincelant à travers sa robe.

Merci, c'est vrai que ça va beaucoup mieux, maintenant…

— Il faut que je récupère ma vie ! dis-je en claquant des dents.

Ma camarade se mordille la lèvre.

— Bon, tu veux la bonne ou la mauvaise nouvelle ? demande-t-elle.

— Là, tout de suite, j'aurais bien besoin d'un peu de positif.

— O.K. Alors, sache que la Corneille n'a pas encore pris possession de ta vie. Celle-ci t'appartient encore. Elle te l'a juste empruntée.

— Et la mauvaise nouvelle ?

Lara hésite un instant avant de lâcher :

— Le problème, c'est ce qu'elle s'apprête à en faire.

Je n'ai aucune envie de poser la question, mais je n'ai pas vraiment le choix.

— Quoi donc ?

— Elle va déterrer son corps pour y insérer ta vie. Ce qui, en soi, est une autre bonne nouvelle, j'imagine. Déterrer un cadavre prend un certain temps, ce qui nous laisse la possibilité d'agir. Le hic, c'est qu'une fois ton fil de vie placé dans son corps, eh bien… il n'y aura plus moyen de revenir en arrière.

Lara consulte sa montre avant de poursuivre.

— Édimbourg compte cinq cimetières historiques. Logiquement, elle devrait se trouver dans l'un d'eux…

Je suis tellement absorbée par ces montagnes russes entre bonnes et mauvaise nouvelles que je mets un moment à me souvenir de l'essentiel : grâce à Findley, je connais déjà la réponse.

—Elle est enterrée à Greyfriars.

—Ah, voilà un bon point ! se réjouit Lara. Greyfriars est à deux pas d'ici. Allons-y.

Elle s'élance déjà quand je l'attrape par le bras.

—Attends ! Toi, tu ne viens pas.

—Quoi ? Bien sûr que si ! Vous aurez besoin de moi là-bas.

Évidemment que oui.

—Je sais. Mais j'ai besoin que tu me rendes un service, d'abord.

—Qu'est-ce qui pourrait être plus important…

—Je voudrais que tu ailles trouver mes parents.

—Pardon ? lâche Lara, le visage blême.

—Ils sont au château. En tout cas, ils y étaient tout à l'heure. Cherche l'équipe de tournage et Findley…

—Et qu'est-ce que je leur raconte, à tes parents ? me coupe-t-elle d'un ton sec. Que leur fille a été enlevée par un personnage terrifiant tout droit sorti d'une légende écossaise ?

Je me demande un instant s'ils la croiraient. Mais leur intérêt pour le surnaturel a des limites.

—Dis-leur simplement que je vais bien.

—Je n'aime pas mentir.

—Fais une exception pour moi. S'il te plaît…

Lara secoue la tête avant de céder.

—Bon, d'accord.

Je la serre dans mes bras. Elle se raidit, puis me tapote le dos. J'essaie de ne pas penser à son apparence, bien plus solide et réelle que la mienne.

— Je trouverai bien quelque chose à leur dire, ajoute-t-elle en se dégageant. Je vous rejoins dès que possible au cimetière de Greyfriars.

Une main déjà levée vers le Voile, Lara se retourne avant d'écarter le rideau.

— Cassidy ?

— Oui ?

— On va s'en sortir.

Puis le tissu ondule : elle a disparu.

CHAPITRE 23

Il n'y a pas de soleil dans le Voile, juste une faible lueur grise. Pourtant, le ciel s'assombrit à mesure qu'on se dirige, Jacob et moi, vers le cimetière de Greyfriars. On dirait que quelqu'un projette son ombre sur tout ce qui nous entoure. Un brouillard épais s'installe en plus dans les rues et la présence de fantômes se fait soudain menaçante.

Je serre mon appareil photo des deux mains, capuchon retiré et objectif prêt en cas d'ennuis.

— On n'a pas de plan, j'imagine ? me lance Jacob.

— Bien sûr que si, répliqué-je sur un ton que j'espère optimiste. Notre plan, c'est de mettre la Corneille écarlate hors d'état de nuire et de récupérer ma vie.

— Désolé de te le rappeler, mais aucun de nous deux n'a de présence physique.

— Je sais.

— Notre adversaire se trouve de l'autre côté du Voile.

— Je sais.

— Et on ne peut pas…

— Je sais ! le coupé-je d'un ton sec.

Jacob grimace. Je prends une profonde inspiration avant de poursuivre.

— Écoute, je l'ai vue tout à l'heure, au château, après qu'elle a traversé le Voile.

— Et alors ?

— Alors, même si elle se trouvait derrière, j'arrivais à la distinguer sans aucun problème.

— Et donc ? demande mon ami, les sourcils froncés.

— Je n'en suis pas certaine, mais je crois qu'elle est comme moi, maintenant.

Jacob commence à peine à protester que je l'interromps d'un geste de la main.

— Enfin, comme moi… Je pense qu'elle a un pied de chaque côté et qu'une partie d'elle reste attachée au Voile. Avec un peu de chance, il existe un moyen de la ramener ici.

Pas besoin de lire dans les pensées de Jacob pour connaître ses craintes. La même question me hante depuis le début : et si c'était impossible ? Mais mon ami a la gentillesse de ne pas exprimer ses doutes à voix haute.

Chaque chose en son temps, pensé-je. *D'abord, aller au cimetière.*

— Rentrez chez vous ! crie une voix.

Je me retourne et découvre plusieurs silhouettes encapuchonnées, le visage dissimulé par des masques monstrueux – des têtes d'oiseau à long bec – et une lanterne au poing, qui dégage une épaisse fumée en lieu et place de lumière.

— Préservez-vous de la maladie, recommande l'un d'eux. Soyez vigilants...

— Viens voir par là, ma mignonne ! susurre une vieille femme édentée en me tendant un bouquet de fleurs en décomposition. Un coquelicot pour la petite. Approche, approche donc...

Je recule et manque de me cogner dans un soldat. Ils sont quelques-uns à se blottir contre un mur, le col relevé comme pour se protéger d'un vent mordant. Je ne sens rien, mais eux frissonnent, leur souffle formant des petits nuages. Lorsqu'ils me remarquent enfin, je murmure des excuses avant de poursuivre mon chemin en hâte, accompagnée de Jacob.

Si j'étais une bonne chasseuse de fantômes, je m'arrêterais pour récolter leur âme. (En même temps, si j'étais une bonne chasseuse de fantômes, je ne serais sans doute pas plongée dans ce bourbier.)

Je visualise le plan de la ville dans le but de me calmer. Nous sommes presque arrivés au cimetière de Greyfriars. Il suffit de traverser la rue, descendre cette vieille route pavée, puis...

Une main aux doigts anguleux et terreux m'agrippe le poignet, surgie de nulle part. Elle appartient à un homme enfermé dans une charrette qui tient lieu de prison. Son visage se fend d'un rictus proche de la grimace.

— Sors-moi de là, petite.

— Lâchez-la ! ordonne Jacob en tirant sur le bras du détenu.

Mais les ongles crasseux ne font que s'enfoncer dans ma chair.

— Sors-moi de là ou je te casse le…

Sans réfléchir, je lève mon appareil photo vers son visage. Il me lâche dès que ses yeux croisent l'objectif – si vite que j'en perds l'équilibre et chancelle. Jacob me rattrape, mais la sangle se détache et mon appareil tombe sur les pavés.

Je me fige, terrorisée à l'idée qu'il soit cassé. Par chance, il a atterri du bon côté, l'objectif vers le haut. Je me glisse sous les mains du prisonnier et m'accroupis pour le ramasser.

Je ne fais pas exprès de regarder l'objectif – ou plutôt, je ne songe pas à détourner le regard. À peine ai-je le temps d'apercevoir mon reflet dans le verre argenté que mon esprit se vide. Je me retrouve de nouveau dans la rivière, les poumons remplis d'eau glacée. Et cette fois, personne ne surgit pour me sauver. Cette fois, je ne remonte pas à la surface. Cette fois, la lumière s'éloigne et je continue de sombrer, encore et encore, jusqu'à…

Ma vision s'obscurcit tout à coup.

Je mets quelques secondes à me rendre compte que je ne suis pas dans les ténèbres : ce sont les mains de

Jacob posées sur mes yeux qui me plongent dans le noir. « Tu es en vie », ne cesse de me murmurer mon ami à l'oreille.

Je reviens à moi, frissonnante, haletante, agenouillée à même les pavés qui me rentrent dans les tibias... mais je suis bien là. Réelle, vivante – autant que je peux l'être pour le moment, en tout cas.

Je remercie Jacob, un trémolo dans la voix. Mon ami fait comme si de rien n'était.

— Règle numéro 33, répond-il dans un sourire.

— Ne pas laisser ses amis piégés dans leur reflet ?

— Exactement.

Il essaie de me dérider, je le sais bien. Pourtant, je n'arrive à penser à rien d'autre qu'au froid terrible que j'ai ressenti. C'est seulement alors que je prends vraiment conscience de la manière dont cette journée aurait pu se terminer. Ou aurait dû se terminer... Ou bien s'est terminée ?

— Arrête, me coupe Jacob d'un ton ferme en lisant dans mes pensées. Ce n'est pas arrivé, et ça n'arrivera jamais. Pas dans ces conditions, en tout cas. Allez, viens. On y est presque.

Suivant ses conseils, je me relève. L'entrée du cimetière se trouve droit devant nous, après le virage, en bas d'une route en pente. Je ramasse mon appareil photo et passe la sangle autour de mon cou en veillant bien à ne pas diriger l'objectif vers moi. Pas étonnant que Jacob ait toujours détourné le regard, n'ait jamais regardé droit devant lui pour les photos.

Une fois au tournant, on commence à descendre. Apparaît alors le portail en fer du cimetière de Greyfriars. Et là, devant les grilles, attendent un garçon et une fille.

Grande, blonde, vêtue d'un jean, d'un sweat et d'une écharpe moderne, cette dernière vient bel et bien de la même époque que moi. Lui, en revanche, est originaire d'un temps plus lointain. Avec ses cheveux noirs et ses yeux tristes, on le dirait échappé d'un tableau ancien. Malgré leurs différences, tous deux présentent le même regard hagard et la même peau couverte de givre.

Je ralentis le pas, imitée par Jacob.

— Peut-être qu'ils veulent juste discuter… hasarde-t-il.

— Peut-être, répété-je, même si je n'y crois qu'à moitié.

La fille se redresse et nous observe. Le garçon, lui, se détache du portail, sort les mains de ses poches et se dirige vers nous. Je l'ai déjà vu. Il posait sur une photo jaunie montrée par un vieil homme dans une maison glaciale.

« Si tu vois mon garçon… »

— Salut, Matthew, lancé-je en approchant.

Il ne cille pas. À vrai dire, il ne semble même pas reconnaître son prénom.

Vous avez déjà entendu l'expression « avoir l'esprit ailleurs » ? C'est l'impression que me donnent ces deux-là, à nous fixer de leurs yeux vides.

— Tu crois qu'il y a un mot de passe ? plaisante Jacob. Du genre : « Sésame, ouvre-toi ! »

Derrière le portail, des bruits de pelles qu'on enfonce dans la terre se font entendre. J'essaie de contourner Matthew, mais il se déplace à la vitesse de l'éclair pour me barrer le passage.

Mes doigts se crispent sur mon appareil photo, que je lève devant le visage du petit fantôme. Il fixe l'objectif d'un air absent.

— Désolée, soufflé-je avant de commencer ma litanie. Regarde, écoute.

Il penche la tête sur le côté et je poursuis :

— Vois et comprends…

Il cligne lentement des paupières.

— Voilà ce que tu es vraiment, asséné-je.

Il reste immobile, même quand je plonge la main dans sa poitrine, prête à saisir son fil. Sauf que mes doigts se referment sur le néant. Aucun ruban, aucune cordelette. Juste un espace vide. Peut-être me suis-je trompée. Peut-être…

Il tend brusquement la main et m'attrape à la gorge.

Tout se passe si vite. Soudain, me voilà acculée contre le mur de pierre.

J'ai suivi un cours d'autodéfense un jour, un atelier extrascolaire qui reposait surtout sur le bon sens : « Ne parle pas aux inconnus, évite les adultes qui veulent t'entraîner à l'arrière d'une camionnette et te proposent des bonbons ou un petit chien… » Vers la fin, ils nous ont appris à nous libérer de l'étreinte de quelqu'un. Mais encore faudrait-il que je me souvienne de la technique…

Par chance, je n'en ai pas besoin : Jacob plaque mon agresseur et tous deux tombent par terre.

Chancelante, je tente de reprendre mon souffle lorsque je vois la fille se précipiter vers moi. Je l'esquive de justesse et remets Jacob sur ses pieds.

On choisit alors la seule option possible : la fuite.

CHAPITRE 24

— Tu as un plan ? me demande Jacob avant de dévaler la route qui nous éloigne du cimetière de Greyfriars.

— J'y travaille ! réponds-je, à bout de souffle, l'appareil photo se balançant à mon cou.

Ma méthode aurait dû fonctionner. Pourquoi donc cet échec ?

— Il y a quelque chose qui me chiffonne chez ces deux-là.

— Tu veux dire, à part le fait qu'ils nous poursuivent ? réplique Jacob.

Parvenus en bas de la rue, on s'arrête net.

— Oh non !

De l'autre côté du Voile, je sentais le poids de l'autre monde. Un insistant tapotement me prévenait lorsqu'un lieu était hanté ou que des fantômes approchaient. Mais de ce côté-ci du rideau, il n'en est rien. Voilà pourquoi je ne me suis pas rendu compte de l'endroit où on se dirigeait avant d'y arriver.

Dans le monde des vivants, Grassmarket était une place animée et ouverte, emplie de touristes, de pubs et d'histoire. Ici, en revanche, elle est restée ce qu'elle était autrefois : un lieu d'exécution.

Des centaines d'hommes et de femmes y ont perdu la vie, si bien que l'endroit grouille de fantômes regroupés autour d'une estrade en bois.

— Il faut qu'on change de direction, et vite, me chuchote Jacob.

Mais avec nos poursuivants sur les talons, il ne nous reste pas d'autre choix que de traverser la place.

La main de mon ami dans la mienne, je me faufile au milieu de la foule dense. Pendant ce temps, un homme est conduit sur l'estrade et se fait passer une corde rêche autour du cou.

Je m'arrête un instant, le temps d'enfouir mon visage dans l'épaule de Jacob : il est des choses qu'on n'a pas besoin de voir.

Mais l'exécution n'a pas lieu et le murmure de la foule cède bientôt la place à un silence inquiétant. Quand je relève la tête, une centaine de visages regardent dans la même direction. Seulement, ce n'est pas l'homme sur l'estrade qu'ils regardent… Ils nous dévisagent, nous.

Une femme se dirige vers moi d'un pas traînant.

— La Corneille est passée par là…

Un homme se rapproche en jouant des coudes.

— Elle a promis de nous libérer…

Un enfant sautille et fait des cabrioles.

— Tout ce que nous avons à faire…

Une vieille femme me saisit par la manche.

— C'est t'attraper.

Je pousse un cri perçant et lève mon appareil photo à la manière d'un bouclier. La femme recule aussitôt d'un pas chancelant, comme sous l'effet d'un coup.

Jacob me tire par le bras pour m'entraîner à l'autre bout de la place.

— On ne va jamais réussir à les semer ! m'écrié-je.

— Pas la peine.

Il a raison. On est peut-être coincés dans le Voile, mais pas en ce lieu précis. Aucun endroit, aucune boucle temporelle ne nous retient.

Tout ce qu'on a à faire pour s'en sortir, c'est atteindre l'extrémité de Grassmarket.

Plus facile à dire qu'à faire : des mains nous agrippent alors qu'on se fraie un chemin dans la foule. Un homme saisit Jacob par le col, mais je libère mon ami grâce à mon appareil photo. Notre course effrénée reprend. L'air au bord de la place se met à scintiller à mesure que les fantômes se rapprochent dans notre dos et nous entourent.

Des doigts m'effleurent, tentent d'attraper la sangle de mon appareil… Ils vont pour se refermer, mais on sort de la place juste à temps, puis on s'engage dans une ruelle sur la gauche. Grassmarket disparaît enfin derrière nous, comme une porte qui claque.

La horde de fantômes avides est engloutie par le Voile, de même que leurs pleurs et leurs cris.

Plié en deux, Jacob tente de reprendre son souffle. De mon côté, je ne vaux pas mieux : je m'affaisse contre le mur de la ruelle, hors d'haleine et tremblante. La sensation de froid s'accentue. Pas besoin d'en parler à mon ami, il le voit sur mon visage, le lit dans mes pensées envahies par la panique. Mes mains sont devenues incolores. Il ne me reste plus beaucoup de temps.

Le cou tendu, je scrute l'horizon jusqu'à le trouver : le mur du cimetière en pierre gris foncé, qui dépasse des toits.

— Viens, lancé-je à Jacob en le tirant derrière moi.

L'enceinte apparaît par intermittence entre les maisons. Je ne la quitte pas du regard : avec la Corneille dans les parages et le temps qui file, ce n'est vraiment pas le moment de se perdre.

Après avoir décrit un grand cercle pour rejoindre la route étroite qui longe le mur, nous avons presque atteint le portail quand j'aperçois le garçon au regard triste – Matthew – à l'entrée de la ruelle, un petit enfant à ses côtés.

Jacob s'arrête net et se retourne. Derrière nous, la fille blonde des temps modernes nous bloque le passage, accompagnée de deux autres fantômes.

— Toujours pas de plan ? me demande mon ami, la voix rendue aiguë par l'inquiétude.

— J'y travaille, répété-je.

Je recule jusqu'à heurter le mur en pierre du cimetière. Je doute fort que ces enfants cherchent seulement à discuter.

Ils ne font absolument aucun bruit – pas le moindre murmure, rire ou gémissement. On ne se rend pas compte à quel point le silence est oppressant tant qu'il n'est pas omniprésent.

Le cercle de fantômes se resserre autour de nous, comme un nœud coulant. Je préfère ne pas savoir ce qui va se passer quand ils auront franchi la distance qui nous sépare.

— N'approchez pas ! ordonne Jacob.

Mais les spectres continuent d'avancer. Il me lance un regard nerveux.

— Au moins, j'aurai essayé.

Je me colle au mur. Il n'y a aucune issue possible. Et dire que nous y étions presque... Presque, oui, c'est le mot. J'entends les pelles heurter la terre de l'autre côté de l'enceinte. Les enfants se rapprochent encore et ouvrent enfin la bouche. Seulement, ce ne sont pas plusieurs voix que l'on entend alors, mais une seule : celle de la Corneille. De leurs lèvres s'échappe son inquiétante chanson hypnotique, dont la mélodie envahit l'espace.

Jacob me prend la main.

— Je vais essayer de détourner leur attention. Profites-en pour fuir.

— Non, on s'en sortira ensemble !

J'ai répondu sans même prendre le temps de réfléchir : je ne supporte pas l'idée d'agir seule, d'être coincée dans le Voile ou d'affronter la Corneille sans mon meilleur ami.

— Ouf ! s'exclame-t-il avec un sourire. Me voilà soulagé ! Les nobles sacrifices, ce n'est vraiment pas mon truc. (Il reporte son attention sur les fantômes qui nous encerclent.) Bon, mais qu'est-ce qu'on fait maintenant ?

Je laisse mon regard errer sur le mur du cimetière. Ses pierres rugueuses, ses branches de lierre qui tombent, telles des cordes… Une idée me vient tout à coup – une mauvaise idée, il faut bien l'avouer.

— J'ai un plan, annoncé-je d'un ton ferme, les mains serrées sur mon appareil photo. Dès que le flash se déclenche, on commence à grimper.

— J'ai le vertige, grommelle Jacob.

— C'est le moment d'affronter ta peur, chuchoté-je. À vos marques, prêts…

J'appuie sur le bouton.

La lumière se déclenche et, l'espace d'un instant, les fantômes reculent, hébétés. Leur chant s'interrompt : on en profite pour s'élancer.

J'ai déjà gravi un ou deux mètres quand ma chaussure dérape. Je me rattrape de justesse à une branche de lierre couverte de mousse, les jambes éraflées par la roche, puis réussis à introduire mon pied dans l'emplacement d'une pierre manquante. Prenant soin de ne pas regarder en bas, je poursuis mon ascension jusqu'au sommet.

Arrivée en haut, je balance une jambe de l'autre côté et je me retourne. Jacob se trouve juste derrière moi. Mais à peine a-t-il esquissé un sourire de soulagement qu'il glisse et commence à tomber.

Je me jette en avant pour lui attraper la main et le hisser à mes côtés sur le rebord en pierre.

— Tu vois ? haleté-je. Ce n'était pas… si difficile.

Dans la rue, les enfants nous fixent un moment, imperturbables, avant de rebrousser chemin.

— Ils abandonnent peut-être la partie ? hasarde Jacob.

Peut-être, oui. À moins qu'ils ne cherchent une autre entrée. Dans tous les cas, je n'ai pas le temps de me poser la question. Je tourne donc le dos aux jeunes fantômes et à la ville ondoyante pour regarder le cimetière qui s'étend en contrebas.

Un lent et triste carillon retentit. Je scrute la pelouse en pente, parsemée de pierres tombales, dans l'espoir d'apercevoir la Corneille. Avec la brume qui serpente entre les tombes et la faible luminosité, impossible de la repérer.

Pourtant, je sais qu'elle est là : je sens une tension dans ma poitrine, comme si l'extrémité de mon fil de vie s'y trouvait toujours. Je me découvre boussole : la Corneille écarlate est mon nord.

Un frisson me parcourt de nouveau – une immense vague de froid, qui vide mes poumons et me fait perdre l'équilibre. Heureusement, Jacob me rattrape. Concentrée sur lui, je me remets lentement d'aplomb. Mon ami me relâche aussitôt : il préfère rester à quatre pattes.

— Avoir peur du vide n'a rien de honteux ! se défend-il.

Sa voix, bien trop forte, éclate dans le crépuscule. Il se couvre aussitôt la bouche de la main. Quand on n'a pas beaucoup d'atouts, l'effet de surprise est crucial.

De quelque part derrière l'église me parvient le bruit de pelles et, à travers le brouillard, je distingue un petit halo de lumière bleutée. *Ma* lumière… Voici venu le temps de la récupérer.

Jetant un coup d'œil à mes pieds, j'aperçois une grande stèle contre le mur. Des ailes d'ange dépassent de chaque côté du bloc de pierre sculpté, encadrant un visage en relief qui semble remonter à la surface.

J'évite de regarder les yeux ou la bouche ouverte de l'ange pendant que je me laisse glisser sur l'aile la plus proche et, de là, sur sa main tendue. Puis je saute.

Après une brève chute, mes pieds s'enfoncent dans une terre fangeuse, épaisse, humide et fraîchement retournée. Un instant plus tard, Jacob atterrit non loin de moi et tombe en avant, s'embourbant jusqu'aux coudes. Il se relève avec un grognement.

De mon côté, j'observe les environs quand un curieux phénomène se produit : le Voile scintille autour de nous et le cimetière se transforme. Il se trouble quelques secondes avant de redevenir net et terriblement familier. Ce n'est pas l'endroit que j'ai vu la veille, avec le chien fantôme qui courait entre les pierres tombales et l'homme qui fumait la pipe au sommet de la colline. Non, il s'agit du cimetière actuel.

Pour la première fois, les deux côtés du Voile s'alignent, pareils à deux images parfaitement superposées... Mais mon mauvais pressentiment persiste.

— Je ne comprends pas, avoue Jacob.

Moi, si. Chaque fantôme crée son propre Voile en peignant ses souvenirs sur une toile vierge. Ce que je contemple à présent est donc ma version : si je ne réussis pas à récupérer ma vie et que je meurs – pour de bon, cette fois –, voilà à quoi ressemblera mon au-delà. Je serai coincée dans ce cimetière, réduite à regarder la Corneille déterrer son squelette pour y planter ma vie.

Mais je ne baisserai pas les bras, je ne mourrai pas ici. Hors de question.

CHAPITRE 25

Jacob et moi, on se faufile entre les tombes, direction le bruit des pelles. On remonte d'abord la pente, puis on contourne l'église.

C'est alors que je l'aperçois : assise sur une grande dalle, la Corneille écarlate fredonne doucement, le fil lumineux de ma vie entortillé entre ses doigts comme si elle jouait avec.

Elle a beau ne pas creuser, je continue d'entendre le bruit des pelles et je distingue l'éclat de l'acier, telles des étincelles dans l'air. Le trou grandit à ses pieds, comme par magie.

Quand je regarde la scène par le viseur de mon appareil photo, le Voile se trouble et l'autre côté devient net. Si les deux lieux se ressemblent, je relève plusieurs différences notables.

Dans le monde réel, la Corneille reste certes assise sur la dalle, mais elle n'est pas seule. Deux adolescents, à l'évidence envoûtés, se tiennent dans le trou, leur torse arrivant au niveau du sol. Haletant, le regard vide, ils jettent des pelletées de terre sur le monticule herbeux.

J'observe les environs : le portail du cimetière est cadenassé et un bruit sourd provient de l'intérieur de l'église, comme si quelqu'un y était enfermé. À l'exception de la femme en rouge et des deux garçons qui l'assistent, le cimetière est désert.

Dès que j'abaisse mon appareil photo, le Voile redevient net et les adolescents disparaissent – en grande partie du moins. Ne reste plus que la Corneille, ma vie volée entre les mains.

— Tu as un plan ? me demande mon ami pour la énième fois.

Pas de chance, sa voix s'intercale entre deux pelletées : la femme en rouge lève brusquement la tête. Avec Jacob, on recule en hâte pour se cacher derrière les tombes les plus proches, pressés contre les stèles fissurées.

— Désolé, murmure-t-il.

Je jette un coup d'œil sur le côté : la tombe de la Corneille continue de s'agrandir… ce qui me donne une idée.

Très mauvaise, pour changer. Peut-être la pire que j'aie jamais eue. Jacob n'a même pas besoin de m'interroger, il lui suffit de lire dans mes pensées. D'ailleurs, il secoue déjà vigoureusement la tête pour me dissuader d'agir.

Mais l'heure n'est plus à la discussion : les pelles ont cessé de creuser et la Corneille est descendue de son perchoir.

— J'ai besoin que tu fasses diversion, chuchoté-je. Je peux compter sur toi pour me couvrir ?

— Tu pourras toujours compter sur moi, répond Jacob au bout d'un moment, avant de se rembrunir. Par contre, je te préviens : si tu meurs, je ne te le pardonnerai jamais.

Je le serre brièvement dans mes bras avant de me mettre en route. Accroupie, je me faufile entre les pierres tombales, décrivant un large cercle autour de l'arbre, de la fosse et de la Corneille écarlate.

Cette dernière fait les cent pas autour du trou, ma vie enroulée dans sa main. Elle s'apprête à descendre dans la tombe quand la voix de mon ami retentit dans le cimetière.

— Eh, vous, là-bas !

Notre ennemie lève les yeux vers Jacob, debout sur une stèle.

— Tiens, tiens, que vois-je ? demande-t-elle de son étrange voix chantante. Un petit garçon perdu ?

— Je ne suis pas perdu.

Tournant le dos à la fosse, elle se dirige droit vers lui. C'est l'occasion ou jamais ! Je m'approche de la tombe pendant que mon ami, lui, recule entre les pierres tombales, suivi de la Corneille.

— Pauvre petit, susurre-t-elle. Viens donc par ici.

Les adolescents vacillent à la périphérie de mon champ de vision, rendus flous par le Voile. Ils se tiennent à présent à côté du monticule de terre, le regard vide et les bras ballants, toujours envoûtés par la Corneille.

Je suis presque arrivée au trou quand je dérape. Plusieurs mottes de terre s'abattent avec un bruit de grêle sur la caisse en bois au fond de la fosse. Je retiens mon souffle, mais la femme en rouge ne se retourne pas. J'en profite donc pour descendre dans la tombe, à même le cercueil. Je soulève ensuite le couvercle et, refusant d'écouter mon instinct, je me force à grimper dedans, au milieu des ossements de la Corneille écarlate.

Je dois l'avouer : malgré ma chute dans la rivière, ma plus grande crainte n'a jamais été de mourir noyée, mais d'être enterrée vivante. Au moment où je referme le cercueil pour plonger dans une obscurité totale saturée d'air humide et vicié, je constate que cette peur ne m'a pas quittée.

Coincée entre l'une des parois latérales et un squelette en robe rouge défraîchie, l'appareil photo serré entre mes doigts, je retiens mon souffle lorsqu'un poids atterrit sur le couvercle. Une seconde plus tard, le cercueil s'ouvre en grinçant.

La première chose que je vois, c'est ma vie, brandie telle une lanterne dans la main de la Corneille, qui, elle, ne me jette pas un regard.

Elle est tellement obnubilée par son squelette qu'elle ne me remarque pas à temps : à la seconde où elle se penche pour déposer mon ruban de vie dans sa cage thoracique, je tends brusquement la main et le saisis.

Aussitôt, une vague de chaleur traverse mon bras, tel un éclair, une explosion de lumière presque douloureuse. Malgré tout, je ne lâche pas mon dû et m'y accroche comme si ma vie en dépendait – ce qui est d'ailleurs le cas.

— Petite idiote ! siffle la Corneille.

Elle recule, essayant d'emporter mon ruban avec elle, mais nous sommes désormais liées par ce fil, par ma vie volée. En se redressant, elle m'entraîne donc avec elle et me tire hors du cercueil. Une fois debout, je lève l'appareil photo de ma main libre, persuadée d'avoir réussi, d'avoir gagné. Persuadée que je l'ai battue...

Mais mon adversaire est trop rapide, trop forte aussi. Sa poigne se referme sur l'objectif, bloquant ainsi le reflet, puis elle m'arrache l'appareil et le jette à terre – la sangle se déchire et il heurte la pierre tombale. J'entends le bruit terrible du verre qui se brise au moment où l'objectif se fissure, avant de voler en éclats, parsemant la terre de tessons argentés.

Sans me laisser le temps de réfléchir, ou de hurler, la Corneille m'attrape et me jette hors de la tombe. Dans un son déchirant, je vole en arrière pour atterrir avec violence sur le sol. Une roulade dans l'herbe plus tard, je percute une stèle – la force du choc expulse tout l'air de mes poumons.

Soudain, je sursaute : une main vient de m'effleurer le bras. Mais ce n'est que Jacob, agenouillé à mes côtés. Un peu plus loin, mon appareil photo gît dans la terre, brisé. Pourtant, je ne regrette rien, car je n'ai pas lâché.

— Tu n'as aucune chance contre moi, déclare la Corneille.

— Vous en êtes sûre ? répliqué-je en me relevant.

Dans le même temps, je brandis vers elle mon ruban de lumière – ou du moins, la moitié qui me reste. L'extrémité est effilochée, là où le fil a rompu. La Corneille baisse les yeux sur sa main, où la deuxième partie du ruban luit d'un éclat atténué : nous nous partageons ma vie désormais. C'est alors qu'elle fonce vers moi avec un grondement rauque et inhumain.

Rapide comme une ombre (ou plutôt un oiseau), elle enjambe quatre tombes en un instant pour se dresser devant moi, les bras écartés telles des ailes. Par chance, une silhouette surgit entre nous au dernier moment. À peine ai-je aperçu l'éclat d'une tresse noire que Lara lève déjà son pendentif.

— Regarde, écoute ! ordonne-t-elle.

Mais le fantôme détourne les yeux juste à temps, jette le collier au loin et se précipite sur Lara, qui recule d'un bond. Échappant de justesse aux serres de la Corneille, elle tombe sur Jacob et moi, qui la rattrapons.

— Désolée pour le retard, halète-t-elle.

— Mieux vaut tard que jamais, réplique mon ami.

— Comment tu es entrée ? demandé-je.

Lara désigne de la tête le mur du cimetière.

— Heureusement que je n'ai pas le vertige… Bon, j'imagine que vous avez un plan ?

— Bien sûr, dis-je en glissant mon ruban de lumière dans ma poche.

Sauf que c'est un mensonge.

Manque de chance, la Corneille se dirige de nouveau vers nous, avec une élégance reptilienne.

— En tout cas, si vous êtes à court d'idées, moi, j'en ai une, rétorque Lara.

Et d'un seul coup, notre ennemie se fige.

Mais pas comme le père endeuillé lorsqu'il a regardé l'objectif de mon appareil photo. Cette fois, nul ralenti ou douce transition du mouvement vers l'immobilité. Non : la Corneille se raidit soudain. Les bras collés le long du corps, elle s'agite et se débat. Il me suffit de me concentrer pour apercevoir à travers le Voile un homme couronné de cheveux roux qui l'agrippe par les épaules.

Je peine à enregistrer ce que je vois mais je ne rêve pas : elle est bel et bien retenue prisonnière par Findley.

— Arrière, esprit maléfique ! crie-t-il d'une voix qui résonne dans le cimetière.

Je dévisage Lara, incrédule.

— Tu lui as raconté ?

— Ce n'était pas prévu, se hérisse-t-elle. Mais il m'a suivie jusqu'ici, et il est du genre insistant.

— Et il t'a crue ?

— En Écosse ou en Angleterre, on tolère plutôt bien les phénomènes étranges, répond-elle avec un haussement d'épaules.

— Sans vouloir vous interrompre... intervient Jacob. Je crois qu'on a un problème.

Je comprends très vite lequel : la Corneille a cessé de lutter. Elle repose désormais, parfaitement immobile, dans les bras de Findley. J'en frissonne.

— Bien essayé, les enfants, susurre-t-elle d'une voix lente et mielleuse.

Puis, d'un bond, elle traverse le Voile, repassant ainsi du monde des vivants à celui des morts. Les bras désormais vides, Findley s'écroule en arrière et se cogne la tête contre une pierre tombale.

Mais pas le temps de s'inquiéter pour lui, car la Corneille nous fait face, solide et lumineuse, avec ses boucles noires et sa cape rouge vif.

— Ta vie m'appartient.

Sa voix a beau être envoûtante et hypnotique, je ne me laisse pas charmer.

— Si vous voulez le reste de mon ruban, vous allez devoir me passer sur le corps.

— Sur nos corps, rectifie Jacob à mes côtés.

— Nos corps à tous les trois, renchérit Lara à son tour.

Elle a récupéré son collier, dont le miroir en pendentif se balance au bout de ses doigts.

—Ah oui ? roucoule la Corneille avec un sourire mauvais qui découvre ses dents, aussi acérées qu'abîmées.

Elle prend une grande inspiration avant de se mettre à fredonner. Je me bouche aussitôt les oreilles, imitée par mes deux acolytes.

Mais son chant ne nous est pas destiné : un instant plus tard, les enfants commencent à arriver. Ils affluent dans le cimetière, franchissent le portail et contournent les pierres tombales, sortent de terre ou apparaissent derrière l'église.

Ils viennent de partout pour nous attraper. Ou plutôt, pour attraper Jacob et Lara.

Car c'est la Corneille qui se charge de moi.

CHAPITRE 26

— Tu n'as nulle part où fuir, roucoule la Corneille.

Cela ne m'empêche pas d'essayer. Je me dissimule derrière une pierre tombale, le cerveau en ébullition.

— Nulle part où te cacher.

Sa voix retentit juste au-dessus de moi. Ses doigts, eux, glissent sur la stèle. Je me relève tant bien que mal et recule d'un pas chancelant hors de sa portée.

— Tu es à moi, à moi, à moi, répète-t-elle en me suivant entre les tombes.

Non loin, Jacob se débat contre deux petits fantômes qui tentent de le clouer au sol. Quelques mètres derrière lui, Lara se retrouve encerclée, son collier étant inutile contre ces pantins vides.

Ne reste donc plus que la Corneille et moi, ma vie écartelée entre nous.

Si seulement j'avais mon appareil photo avec moi, ou tout autre objet plus utile que la moitié effilochée d'un ruban… Mais soudain, quelque chose capte mon regard alors que je me faufile entre les pierres tombales : le clair de lune se reflète dans les éclats brillants autour de la sépulture de la femme en rouge. Je sais désormais quoi faire.

Rassemblant mes forces, je cours le plus vite possible. Ma poursuivante se précipite sur moi, elle me talonne… Qu'importe, je ne me retourne pas. Je me jette sur le monticule au bord de la fosse et…

J'y étais presque. *Presque.*

Mes mains s'enfoncent dans la terre fraîchement retournée au moment où les doigts de la Corneille se referment sur ma cheville, aussi aiguisés que des griffes, pour me traîner au sol. Je sens soudain dans ma paume la morsure d'un objet tranchant.

La douleur a beau m'élancer, je ne lâche pas prise. Ni quand la Corneille me redresse, ni quand elle m'agrippe la gorge. Ni même quand elle me soulève du sol pour me regarder en face, les yeux dans les yeux.

— Je t'ai eue, chuchote-t-elle en plongeant sa main libre dans ma poche.

— Non, c'est moi qui vous tiens, répliqué-je en brandissant mon butin : un petit éclat de l'objectif de mon appareil photo, argenté et brillant.

Le bord est taché du sang de ma paume, mais c'est tout ce que j'ai trouvé, alors je le lui fourre sous le nez.

Cette fois, elle n'est pas assez rapide. Cette fois, elle a les mains occupées – l'une autour de ma gorge, l'autre dans ma poche à la recherche de mon ruban de vie. Elle n'a pas le temps de libérer l'une ou l'autre, pas avant d'avoir vu son reflet dans le verre.

— Voilà ce que tu es vraiment, déclaré-je.

Un cri de surprise s'échappe de ses lèvres dans un nuage de vapeur. Les yeux écarquillés, son visage se tord de fureur et de frustration avant de devenir vide et lisse comme de la glace.

Que voit donc la Corneille dans le miroir ?

Une mère endeuillée qui erre dans les rues en appelant son enfant disparu ? Une femme monstrueuse qui arrache garçons et filles à la sécurité de leur foyer ?

J'ignore qui elle était avant sa mort. Je sais seulement ce qu'elle est devenue : un spectre fait de chagrin et de colère, de peur et de désir…

Je plonge la main à travers la cape rouge de la Corneille, dans sa poitrine vide. Au moment où le ruban m'effleure les doigts et remue sous ma paume tel un être vivant, un serpent lové dans sa grotte, je résiste à la tentation de reculer. La gorge serrée, je saisis le fil de l'esprit et tire. Il pèse lourd dans ma main. Dans la pénombre du cimetière, je remarque soudain qu'il ne s'agit pas d'un simple ruban incolore, comme celui que j'ai extirpé du torse de l'homme en deuil, mais d'une cordelette. Un rouleau d'épaisse ficelle noire, solidifié par des dizaines de liens plus fins… Bien trop nombreux pour appartenir à une seule personne. Et, bien sûr, ce n'est pas le cas. Voilà pourquoi je n'ai trouvé aucun ruban dans la poitrine de Matthew : il n'était plus en lui, mais ici. Je comprends alors que chaque fragment du pouvoir de la Corneille a été volé à un enfant.

Malgré sa résistance, j'enroule le cordon noir autour de mes doigts et tire un grand coup. En se détachant, il ne produit ni bruit sec ni craquement. Je sens seulement un grand poids céder. Aussitôt, la cordelette se décompose, sombre et visqueuse comme de la boue, avant de se volatiliser.

Dès qu'elle disparaît, la Corneille fait de même.

Elle était là, avec ses cheveux noirs bouclés qui dépassaient de sa capuche rouge, les doigts glissés dans mon col… L'instant d'après, elle n'est plus qu'un nuage de cendres et de fumée. Une fois sa main envolée, je retombe sur la terre fangeuse.

Partout dans le cimetière, les enfants enlevés tremblent, telle la flamme d'une bougie devant une fenêtre ouverte. Puis, en un coup de vent, ils… s'éteignent, tout simplement.

Hors d'haleine, Lara s'affaisse contre un arbre, sa tresse à demi défaite. Debout sur une tombe, Jacob tient un bâton des deux mains, à la manière d'une batte de base-ball, prêt à en découdre… Mais tous nos adversaires ont disparu.

Lara lisse sa robe tachée et se racle la gorge.

— Comme quoi… Je vous avais bien dit qu'on allait s'en sortir, dit-elle d'une voix légèrement tremblante.

Accroupie au-dessus des restes de la Corneille, je fouille dans les cendres jusqu'à le trouver : le ruban effiloché de lumière bleutée. L'autre moitié de mon fil.

À sa vue, Lara a un petit hoquet de surprise. Je ne lui en veux pas. Je suis prête à parier qu'elle n'a jamais laissé un fantôme lui dérober sa vie : elle n'a donc jamais vu son propre ruban hors de sa poitrine, encore moins cassé en deux.

Je sors l'autre morceau de ma poche et rassemble les deux moitiés. Au début, il ne se passe rien – si bien que, l'espace d'un terrible instant, je crains d'avoir ruiné ma vie. Mais Jacob pose une main sur mon épaule et voilà que, sous nos yeux, les fils commencent à s'unir, à se ressouder, jusqu'à ne plus laisser qu'une fine ligne semblable à une fêlure là où le ruban s'est déchiré.

Il paraît tellement fragile… À présent, il n'a plus rien d'une ampoule. On dirait plutôt une chandelle, une flamme que je dois protéger du vent. Quoi qu'il en soit, la lumière bleutée reste stable, douce et brillante dans ma paume. À l'opposé de la cordelette que j'ai sortie de la Corneille.

Je porte ensuite le ruban reconstitué à ma poitrine, ignorant la marche à suivre : y a-t-il une formule à prononcer ou une série de gestes à effectuer, comme pour jeter un sort ? Aussi suis-je soulagée de voir le ruban replonger simplement entre mes côtes, comme un caillou dans une rivière, puis…

Je suffoque et tout devient blanc.

Ma vie : de l'air dans mes poumons avides, une main qui saisit la mienne, une lueur dans l'obscurité… Mais aussi les galets de la rive gelée sous mon corps, l'eau qui goutte de mes cheveux et la voix de Jacob : *« Je te tiens. »*

Soudain, je suis de retour, en chair et en os, non plus dans le Voile mais dans le monde réel constitué d'ombre et de lumière. Autour de moi, de l'herbe, de la terre et des pierres tombales… Je suis en vie.

L'air s'écarte autour de Lara lorsqu'elle s'extirpe à son tour du Voile, suivie de Jacob. Je voudrais les serrer tous les deux dans mes bras, mais la première ne semble pas du genre tactile et le second n'est plus constitué de la même substance que moi. Je me contente donc d'un hochement de tête reconnaissant et d'un *check* spectral.

C'est alors que je l'aperçois, à côté de la tombe, à moitié enterrée : la sangle violette cassée. Et à côté, mon appareil photo. Il est revenu avec moi, comme par miracle. Au moment où je le ramasse, je m'attends presque à le voir réparé, entier, à mon image. Quand je vois l'objectif brisé, mon cœur se serre.

Un raclement de gorge me sort de ma contemplation.

— Euh, Cassidy…

Je suis le regard de Lara. Mes yeux passent de la tombe ouverte aux deux adolescents qui fixent leurs pelles d'un air perplexe, puis à Findley, étendu par terre, qui se frotte la tête en gémissant, jusqu'aux hommes qui coupent le cadenas du portail au son des sirènes. J'ai comme l'impression qu'on va avoir de sacrés ennuis...

PARTIE 5

C'EST DANS LA BOÎTE

CHAPITRE 27

Pour la première fois depuis notre arrivée en Écosse, il n'y a pas un seul nuage à l'horizon. Il fait chaud et le soleil brille au moment où mon père et moi (ainsi que Jacob) remontons le Royal Mile en direction du magasin de photographie *Bellamy*.

Depuis l'incident du cimetière, il y a deux jours, je n'ai officiellement plus le droit d'aller où que ce soit sans être accompagnée d'un adulte. Mes parents me surveillent du coin de l'œil comme si je risquais de m'éclipser à tout instant et de disparaître sous leurs yeux.

Le mot « ennuis » s'est avéré un euphémisme.

Mes parents ont dû venir me chercher au commissariat, où ils m'ont trouvée accompagnée de Findley et de Lara (Jacob était là aussi bien sûr, mais il faut avouer qu'on se tire plus facilement de n'importe quelle situation quand on est invisible), aussi hagards et crasseux que moi.

Inutile de préciser que ça a fait toute une histoire : infraction mineure pour vandalisme, même si, par bonheur, ce n'est pas moi qui ai profané une tombe. Pas directement, en tout cas. Les deux adolescents, eux, ont affirmé ne se souvenir de rien. J'avais beau savoir qu'ils disaient la vérité, les policiers n'en ont pas moins rédigé un procès-verbal. J'avais de la peine pour eux, même s'ils pouvaient s'estimer heureux d'être encore en vie.

De mon côté, j'étais loin d'être tirée d'affaire.

Apparemment, Lara avait promis à mes parents que je leur expliquerais tout à mon retour. Seulement, c'était impossible. Je ne pouvais leur raconter ni où j'étais partie, ni ce qui m'était arrivé. Pour faire court, je ne pouvais rien leur expliquer. Enfin, si, mais c'est le genre d'informations qui entraînent davantage de questions que de réponses.

Ce qui ne m'a pas empêchée de tenter de leur avouer la vérité. Je dis bien « tenter ».

« Dix points pour l'imagination », a raillé ma mère à la fin de mon récit. Mon père, lui, m'a punie à vie. Au fond, je pense qu'ils ont surtout eu très peur, et qu'ils étaient soulagés de me voir revenir vivante. Et vous savez quoi ? Moi aussi.

Le tournage du premier épisode des *Inspectreurs* s'est terminé hier. Ma mère est rentrée à l'appartement faire les bagages et visionner les rushes avec l'équipe. J'ai dû supplier mon père pendant une heure pour qu'il m'emmène à *Bellamy*. Au bout du compte, je crois qu'il a accepté dans le seul but de profiter du beau temps.

Mon appareil photo a beau être endommagé, il ne s'est pas ouvert. La pellicule se trouve donc toujours à l'intérieur. Or je veux découvrir son contenu.

Parvenus en haut du Royal Mile, on se retourne pour contempler la route, qui se déroule comme un ruban jusqu'au bas de la colline.

— C'est quand même une sacrée ville, commente-t-il.

— Tu l'as dit !

Le magasin est ouvert, mais désert. Pas un client à l'intérieur. Personne derrière le comptoir. Jacob et mon père me laissent entrer seule. Je ne me sens pas à ma place ici. Ma chambre noire me manque, je n'ai pas l'habitude de confier mes photos à quelqu'un d'autre. De ne pas être la première à les découvrir, à regarder les images émerger de la cuve de développement. Cela dit, je n'ai pas vraiment le choix.

— Il y a quelqu'un ?

Des bruits de pas se font entendre. Aussitôt après, une fille sort de l'arrière-boutique. À peine plus âgée que moi – mettons dans les dix-huit ans –, elle arbore des cheveux bleus coupés court et des ongles arc-en-ciel.

— Bonjour ! lance-t-elle avec un fort accent écossais.

— Je me demandais si vous développiez les pellicules noir et blanc…

— Bien sûr ! On n'aurait plus qu'à se reconvertir, autrement ! À vrai dire, ajoute-t-elle en s'accoudant au comptoir, ce sont mes préférées. Les vieilles pellicules ont un charme particulier : le monde paraît différent en noir et blanc. Plus étrange, plus… magique. Tu vois ce que je veux dire ? (Son regard tombe sur l'appareil photo dans mes mains.) Mon Dieu, qu'est-ce qui s'est passé ? Tu as joué au foot avec ?

Je pose l'appareil cabossé sur le comptoir.

— Je sais, il est cassé. Mais il y a une pellicule dedans, et je me demandais…

— Je peux ? s'enquiert-elle en le tapotant de l'ongle.

Sans attendre ma réponse, elle le prend et le retourne avec précaution, presque avec tendresse.

— Avec un modèle aussi vieux, difficile de trouver des pièces compatibles.

— Comment ça ?

— C'est juste l'objectif qui est cassé. Bon, en plus du viseur fissuré. Pour le deuxième, je ne peux pas t'aider, mais…

Un petit cliquetis se fait entendre et, d'un geste adroit, elle fait tomber l'objectif dans sa main.

— Un peu d'argenture sur le verre… Hmm…

La vendeuse disparaît dans le fond de la boutique, puis revient quelques minutes plus tard avec un objectif neuf. Enfin, non, pas neuf : il est clairement aussi vieux que mon appareil. En un tournemain, elle le fixe au boîtier.

— Et voilà !

À la vue de l'appareil réparé, mon cœur s'emballe, avant de se serrer.

— Je n'ai pas les moyens…

— Je ne peux pas te vendre cet objectif, de toute façon.

Elle pose l'appareil sur le comptoir et le tourne vers moi. L'espace d'un instant, je tressaille au souvenir de la surface réfléchissante et de ce que j'y ai aperçu, mais lorsque je regarde l'objectif, je ne vois que mon reflet. Ou du moins, un reflet approchant. On dirait que mes cheveux flottent et qu'une lumière plane au-dessus de ma poitrine. Mais peut-être n'est-ce qu'une lueur parasite, une illusion d'optique, car quand je cligne des paupières, ces curieux détails ont disparu.

— Tu vois ? poursuit l'employée en tapotant l'objectif. Il a un défaut. Juste là.

Les yeux plissés, je remarque une petite tache, comme un nuage de brouillard, sur la face intérieure du verre.

— Il prend des photos un peu bizarres. Tu me rendrais service en m'en débarrassant.

— Vous en êtes sûre ? demandé-je en me mordillant la lèvre.

— Absolument ! répond-elle avant de récupérer l'appareil. Bon, je te développe cette pellicule et… Oh, tu savais qu'il te restait une photo ? Tu veux que je la prenne ?

Je jette un coup d'œil autour de moi, soudain mal à l'aise à l'idée de me trouver de ce côté-ci de l'objectif. J'aperçois alors Jacob par la vitre. Le dos tourné, il observe les passants.

— Une seconde !

Je m'adosse à la devanture pour que mon ami et moi soyons côte à côte, seulement séparés par la vitrine et les lettres arrondies du nom de la boutique. Juste à ce moment-là, il regarde par-dessus son épaule et m'adresse un sourire, que je lui rends. J'entends le petit déclic de l'appareil quand la vendeuse prend la photo.

— Belle lumière à cette heure de la journée, commente-t-elle en rembobinant la pellicule. La photo devrait être réussie.

— Merci, dis-je avant de retourner au comptoir. J'espère bien.

Lorsqu'elle ouvre le dos de l'appareil pour retirer la bobine, mes doigts me chatouillent et je dois résister à la tentation de l'attraper. Au lieu de quoi, je regarde la pellicule disparaître dans une enveloppe.

— Reviens demain matin, m'indique la vendeuse. Tes photos seront prêtes.

À *L'Impasse* ce soir-là, on commande des *fish and chips* avant de se réunir tous ensemble – l'équipe de tournage, mes parents, Findley, Jacob et moi – pour regarder un premier montage des *Inspectreurs*, « Épisode 1 : La ville aux mille fantômes ». J'aurais bien aimé que Lara soit là aussi, mais je ne l'ai pas vue depuis l'incident du cimetière de Greyfriars. (Je suis prête à parier que Mme Weathershire me considère comme une mauvaise fréquentation pour sa nièce.)

Jacob et moi sommes assis côte à côte sur le canapé, mon bras tout contre le sien, pendant qu'à l'écran, mon père raconte l'histoire du Mary King's Close. Ma mère suggère quelques coupes et griffonne des commentaires qu'ils pourraient ajouter en voix off. Quant à Morty, il reste installé sur les genoux de Findley, même si ce dernier éclate de rire chaque fois que quelqu'un sursaute devant la caméra – il qualifie ce phénomène de « peur contagieuse ».

Notre guide a beau affirmer ne conserver aucun souvenir de cette fameuse nuit au cimetière, il en garde un bleu sur la joue, à demi dissimulé par sa barbe, et il a le regard qui brille dès qu'il croise le mien.

À l'écran, la voix de ma mère résonne dans la prison du château. Cette scène me paraît si vieille, si lointaine… D'ailleurs, elle l'est à certains égards.

Quand vient le moment de se quitter, Findley me serre très fort dans ses bras.

— Merci pour tout, chuchoté-je.

— Tu es marquée à jamais, Cassidy, murmure-t-il, très sérieux tout à coup. Tâche de faire attention à toi.

Je ne sais pas pourquoi mais des larmes me piquent les yeux et j'ai du mal à le lâcher.

Le lendemain matin, il nous faut bien une demi-heure pour attraper Morty, qui a décidé, dans un de ses rares moments de « dignité féline élémentaire », qu'il ne retournerait jamais dans sa caisse.

— Minou, minou ! lance Jacob pour l'amadouer et essayer de le faire sortir de sous le canapé.

Pour ma part, je tente une autre approche : semer des friandises à son attention à travers toute la pièce.

Pendant que nous bataillons pour récupérer Morty, mes parents bouclent les valises, si bien que l'espace de quelques minutes, tout semble revenu à la normale. Un mélange d'excitation et d'appréhension règne dans l'air. Quoique chacun pour des raisons différentes, on est tous prêts à laisser cette ville derrière nous.

Enfin, Jacob et moi nous écroulons sur le canapé, avec un chat en cage entre nous.

— Il t'a griffée ? me demande ma mère en entrant dans le salon.

— Non, pourquoi ? m'étonné-je, les sourcils froncés.

— Ta paume.

Je baisse les yeux. Elle a raison – pas pour Morty, mais pour ma main. Je frotte de mon pouce la marque rouge laissée par l'éclat de l'objectif au cimetière. Malgré l'absence de véritable entaille, j'ai encore mal.

— Ce n'est rien, dis-je.

Quand vient le moment de partir, on descend nos valises au rez-de-chaussée, où nous attend Mme Weathershire.

— Alors, ça y est, vous partez ? demande-t-elle d'un ton enjoué. Je vais vous appeler un taxi.

Mes parents sortent sur le trottoir. Je m'apprête à les suivre quand j'entends des pas dans l'escalier. Je fais volte-face. Ce n'est pas le fantôme de M. Weathershire cette fois, mais Lara. Elle s'arrête, essoufflée, comme si elle avait craint de rater mon départ, puis lisse quelques cheveux rebelles qui s'échappent de sa tresse.

— Salut ! lancé-je, ravie de la voir.

— Salut, répond-elle en dévisageant Jacob avant de se retourner vers moi. Comment tu te sens ?

— Comme si on avait déchiré ma vie en deux, répliqué-je d'un ton sec.

Elle écarquille les yeux.

— Vraiment ?

Je secoue la tête en riant.

— Mais non, je me sens bien, normale. Enfin, autant que possible. Tu as eu des ennuis à cause de moi ?

— Rien d'ingérable, répond-elle avec un haussement d'épaules.

Je suis surprise de voir briller dans ses yeux un éclair presque malicieux.

— Tu seras peut-être étonnée de l'apprendre, mais il m'est déjà arrivé d'enfreindre quelques règles, ajoute-t-elle avant de s'emparer d'un de mes sacs et de me suivre sur le trottoir. Il faut qu'on parle.

Jacob rôde près de nous.

Laisse-nous une seconde, pensé-je. Il fronce les sourcils avant de s'éloigner d'un pas traînant. Lara attend qu'il soit parti pour poursuivre.

— Tu ne lui rends pas service en le gardant ici.

Ah non, elle ne va pas recommencer !

— C'est mon meilleur ami, Lara.

— Peut-être, mais il y a une différence entre vouloir rester et avoir trop peur pour lâcher prise. Tu dois le libérer.

— Tu n'as pas libéré ton oncle, toi, que je sache, rétorqué-je.

À ces mots, ma camarade se fige.

— Quoi ?

— Je suis tombée sur lui, quand je te cherchais. C'est lui qui t'a tout appris, n'est-ce pas ? Les fantômes et les intermédiaires, le Voile, les miroirs, le marché qu'on a conclu et notre mission. Tu m'as dit t'être formée grâce à ses livres, mais ce n'est pas tout à fait vrai, n'est-ce pas ?

Après un moment d'hésitation, Lara secoue la tête.

— Il n'a commencé à m'apprendre tout ça qu'après...

Elle s'interrompt. J'ignore si elle parle de la mort de son oncle ou de la sienne.

— Tu savais qu'il était là, à *L'Impasse*, insisté-je. Tu savais ce qu'il était, et ce que tu étais, toi, et pourtant, tu n'as pas fauché son âme.

— Il n'est pas comme les autres, se défend-elle.

— C'est vrai. Jacob non plus.

— Tu as raison, concède Lara, les bras croisés. Je n'ai pas chassé mon oncle, mais je ne l'ai pas non plus tiré de ce côté-ci du Voile.

Elle s'approche de moi et baisse d'un ton.

— Jacob, lui, s'est servi de toi pour traverser, et tu lui sers d'ancrage. Plus il restera, plus il deviendra fort. Il est dangereux, tu sais.

On se tourne toutes les deux vers mon ami, occupé à poursuivre une nuée de pigeons : il cherche à les effrayer pour qu'ils s'envolent.

— Je prends le risque.

— D'accord, soupire Lara. Mais fais bien attention à toi.

Elle s'apprête à partir puis revient sur ses pas.

— Ah, j'allais oublier… Tiens.

Elle passe son collier par-dessus sa tête et me le tend. Je vais pour le prendre mais suspends mon geste.

— Je ne peux pas l'accepter. Tu en as besoin.

— Ne t'inquiète pas, me rassure-t-elle en sortant un deuxième bijou de sa poche. J'en ai toujours un de rechange.

Voyant que j'hésite encore, elle passe elle-même le cordon autour de mon cou.

— Merci, dis-je en glissant le disque froid sous mon chemisier. Pour tout.

Lara hausse les épaules, comme s'il n'y avait rien de plus naturel, mais on sait toutes les deux ce qu'il en est. Nous sommes liées par bien autre chose que des pendentifs assortis.

Au moment où notre taxi se gare le long du trottoir, ma camarade me tend un bout de papier.

— Mon numéro de téléphone. Au cas où tu aurais encore des ennuis.

— Oh, aucun risque !

Son reniflement peu élégant, si peu en accord avec ses manières habituelles, me laisse deviner ce qu'elle en pense.

— Sois prudente avec ça, dit-elle en me tapotant la poitrine.

— Promis.

Je glisse les doigts vers le pendentif, mais elle secoue la tête.

— Je ne parlais pas du collier.

Sur ce, elle tourne les talons et remonte le perron.

— Au revoir, Lara ! lui crie Jacob.

— Au revoir, fantôme, répond-elle en jetant un coup d'œil par-dessus son épaule avant de disparaître à l'intérieur.

Installé sur le siège à côté de moi, Morty pousse de petits miaulements furieux depuis l'intérieur de sa caisse pendant que Jacob regarde la ville défiler par la vitre. Le château domine l'horizon.

Quant à mes parents, ils parcourent déjà le prochain dossier en discutant légendes et scénarios. Cap sur une nouvelle ville avec une nouvelle équipe de tournage et un nouveau guide !

Un nouvel épisode s'ouvre, un nouveau chapitre. Mais il nous reste encore une chose à faire avant de partir.

*

La fille derrière le comptoir du magasin *Bellamy* sourit en me voyant approcher.

Mes parents m'attendent dans le taxi, ce qui constitue sans doute un progrès, même si je sais qu'il me faudra encore du temps pour regagner leur confiance.

La vendeuse disparaît au fond de la boutique avant de revenir avec une enveloppe, qu'elle pose sur le comptoir en sifflant.

— Il y en a quelques-unes qui sont dingues.

— Vous les avez regardées ?

— Désolée, répond-elle négligemment. Ça fait partie de mon travail. En tout cas, tu as du talent. J'en connais peu qui réussissent ce genre d'images sans retouches numériques. (Elle tapote l'enveloppe d'un ongle arc-en-ciel avant de me la remettre.) Tu as vraiment saisi l'esprit de cette ville.

Après l'avoir remerciée, je la paie avec l'argent que mon père m'a donné dans la voiture.

— Ma préférée, c'est la dernière, ajoute-t-elle avec un clin d'œil.

J'attends d'être remontée dans le taxi pour ouvrir l'enveloppe imprimée d'images touristiques : des couples qui posent devant des édifices célèbres, partagent un repas sur un toit ou se tiennent au sommet d'une montagne.

Quand ils partent en voyage, les gens lambda photographient des monuments. Moi, je photographie des fantômes.

Je sors le paquet de clichés.

D'abord, *L'Impasse* : Mme Weathershire se tient à la porte du salon, un plateau à la main. Puis le Royal Mile, avec ses artistes de rue et ses foules animées. Le cimetière de Greyfriars et ses touristes. Suivi d'une autre version du lieu, avec une lumière grisâtre et des volutes de brouillard. Il y a aussi le Mary King's Close, ses hauts murs, sa luminosité inégale et cette ombre curieuse qui émerge de l'obscurité.

Mes parents et Findley sous un réverbère, le soir. Lara dans l'escalier. Le château avec sa herse, ses canons et sa prison.

Après ça, les photos se font plus étranges. J'en découvre une dizaine, toutes prises dans le Voile, dont presque aucune n'est réussie. On y voit çà et là des traînées et des taches qui pourraient être des visages, des mains, ou juste une illusion d'optique.

Ceux qui ne savent pas croiraient peut-être à une mauvaise exposition de la pellicule. Mais moi, je sais : je distingue les fantômes à leurs nuances de gris.

Et puis, vient enfin la dernière photo. La seule que je n'ai pas prise moi-même. Je m'y tiens adossée à la vitrine du magasin de photographie. De l'autre côté de la devanture, on aperçoit une ombre, une volute de fumée aux allures de garçon. Il pourrait s'agir d'un reflet un peu bizarre, d'une déformation, mais non.

Je reconnais sa tignasse, la courbe de ses lèvres, l'inclinaison de sa tête alors qu'il regarde derrière lui, et l'esquisse d'un sourire.

« Il y a une différence entre vouloir rester et avoir trop peur pour lâcher prise. »

Dans le taxi, Jacob me regarde comme s'il pouvait lire dans mes pensées. Ce dont il est capable, bien sûr.

— Quand je t'ai sauvée de la rivière, tu m'as moi-même sauvé de quelque chose, me confie-t-il.

Je retiens mon souffle. C'est la première fois que mon ami me parle de sa vie – ou de sa mort – avant notre rencontre. J'aimerais qu'il poursuive mais, bien sûr, il n'en fait rien.

Il lève la main, comme pour un *check* spectral. Sauf que ce coup-ci, au moment de rapprocher nos paumes, nous ne les faisons pas claquer avant de les retirer. Nous les laissons simplement là, l'une contre l'autre. Et j'ai soudain l'impression de sentir la sienne.

« Plus il restera, plus il deviendra fort. »

Mais bien vite, cette sensation disparaît.

Le taxi ralentit puis s'arrête devant l'aéroport. Mes parents paient le chauffeur et nous sortons tous pêle-mêle : un couple, leur fille, un fantôme et un chat contrarié, prêts pour leur prochaine aventure.

Remerciements

Je dédie ce livre à plusieurs personnes et à une très vieille ville. La ville, je l'ai déjà remerciée. Quant aux personnes, je n'en citerai que quelques-unes :

Ma mère, qui m'a toujours encouragée à me perdre intentionnellement, et mon père, qui m'a toujours aidée à retrouver mon chemin.

Merci à mon agent, Holly, et à mon éditrice, Aimee, pour être toujours prêtes à partir à l'aventure, même quand elles ne connaissent pas la destination.

À Cat, Caro et Ciara, vous qui représentez le meilleur de cette ville, et aussi à Dhonielle et Zoraida, pour m'avoir tenu compagnie sur cette longue route sinueuse.

Merci enfin à l'équipe de Scholastic, pour m'avoir laissée écrire ce petit livre parfois effrayant et toujours étrange.

Achevé d'imprimer en France en décembre 2019
par Aubin Imprimeur

Le papier de cet ouvrage est composé de fibres naturelles, renouvelables, recyclables et fabriquées à partir de bois issu de forêts plantées expressément pour la fabrication de pâte à papier.

ISBN : 978-2-37102-255-3
Dépôt légal : janvier 2020

Loi nº 49-956 du 16 juillet 1949 sur les publications destinées à la jeunesse, modifiée par la loi nº2011-525 du 17 mai 2011

Numéro d'édition : 088-41-01-01

Numéro d'impression : 1910.0039

LUMEN